新潟

父母への手紙

いまだから、感謝の気持ちを伝えたい

【巻頭言】父母の愛は「聖」なるもの

宮田　亮平
（東京藝術大学学長）

両親への感謝の気持ちは、大きな山のようにある。それだけ多くの心配をかけたということ。申し訳なさからくる感謝、自責の念からくる感謝ということになる。

金工作家としてイルカやクジラの水生哺乳《ほにゅう》動物の作品を制作しているが、彼らの生態を観察すると、「親の愛情」の深さ尊さを学ばされる。

イルカの母親は出産直後、子供が呼吸のために水面まで上がっていくのを必死に下から押し上げてやったり、ヒレでタッチングしたりと、かいがいしく面倒を見る。ザトウクジラは、ブリーチングとよばれる大きなジャンプをするが、このジャンプは、子供を獰猛《どうもう》なシャチから守るための威嚇などともいわれている。彼らはいつも子を慈しみ守るように遊泳する。こうした姿が大きな言い知れぬ感動を与えてくれるが、私にとってイルカやクジラの水生哺乳動物の作品を創《つく》る動機ともなった。

親は子に、自分を超えてもらいたい、自分よりももっと幸福になってもらいたいと願うもの。それは人間でもイルカ、クジラでも変わりはない。親は、ある時は子供の踏み台にもなり、子供のためならばあらゆる犠牲をもいとわない。父（二代宮田藍堂・佐渡の伝統工芸「蝋型《ろうがた》鋳金」技術保持者）は、私の進路についての指示はいっさいしなかった。高校二年までは美術分野ではなく、動物好きだったので、将来は獣医になろうかなと思ったほど。高校三年生になって、やはり、美術の世界に進もうと決めた。この進路決定が父には嬉《うれ》しかったらしい。美術の世界に入っても父は何にも言わず、ただ「褒め上手」だった。私の作品を見て「おう〜！」と歓声を上げ、その気にさせた。実に褒め方がうまかった。母も、寡黙だったが褒め上手だった。私は兄弟は姉四人、兄二人の末っ子で幼少期から文字通りの腕白《わんぱく》小僧で頑固者だった。こういう私に対し、両親は常に愛情と忍耐を持って「叱《しっ》咤《た》激励」してくれた。

新潟は山紫水明の地。美しい空、碧《あお》い日本海、緑溢《あふ》れる山野、豊かな水を湛《たた》える川や湖。恵まれた自然の中で育《はぐく》まれた新潟県人特有の勤勉さや忍耐力―このようなＤＮＡを受け継いできた父母から、尊い生命を授けられた私たちこそ幸いである。

先哲が「愛することは一つの偉大な芸術である」と述べているが、父母の愛は至宝の芸術を遙《はる》かに凌《りょう》駕《が》する「聖」なるものである。ここに、それを証しする珠玉の手紙が満ちている。

【解説】故郷、ルーツを愛し尊ぶ新潟県人の県民性

浅島　誠（東京大学副学長）

水の都・新潟は美しい。「水」「花」「雪」「稲」「山」「河」「海」…大自然の恩恵を十二分に与《あず》かっている故郷である。地球の表面は70%「海水」で被《おお》われている。人体も70%が水分で構成されており、「水」は人間、森羅万象が生存する上で不可欠のものである。「水の都・新潟」は、東北から南西に縦長く延びる越後と日本海上の佐渡から成り、面積全国第五位の広さがあり、かつ県民性は勤勉ということと相まって、まさしく日本を象徴し、代表する県といえよう。

新潟県人は一言でいうならば、忍耐強く、粘り強く困難があっても諦《あきら》めず、そして人に対しては人情に厚く、信義を重んずる県民性があると思っている。この点は近年、時代とともにややもすると薄れがちではあるが、そのような県民性が養われた要因はいくつもあると思われる。その一つには雪国と日本海に面した米どころという自然と、そこで住み着いて一緒に暮らしている同郷の人々への想《おも》い、共存心というものがあるのではないかと思っている。雪国に住んでいる人間は、厳しい冬の中での除雪や寒い冬の暮らしの中でお互いに力を合わせていかなければならない。

新潟県は新潟平野、頸城平野、国中平野（佐渡）に恵まれ日本有数の米どころである。今でこそ、機械化は進んで耕地整理もされてきているが、以前は稲作の時には一家総出、親戚《せき》、隣近所でお互いに協力していかなければならなかった。農業だけでなく漁業においても同様である。自然が厳しければ厳しいほど、人はお互いを信頼し、協力していくことが必要になって、忍耐強くもなっていく。そのような中で、人の大切さとありがたさは子供のころから実体験の中で涵養《かんよう》され、さらに自然への畏敬《いけい》と感謝という心が育《はぐく》まれてきた。人は誰でも生まれた故郷をもっている。故郷には限りない深く、広い想い出がたくさんつまっている。それは父や母を含めた家族であり、同郷の人であり、また、自然であり、文化など人によってさまざまである。

新潟県人の気質で忘れてならないことは、あるところは保守的でありながらも「国際性と公共性」を有している点である。日本海側の最大の都市・新潟は古来、日本海からオホーツク海そしてベーリング海に至る広範囲な海域とつながりながら、世界に展開するロシア、中国、韓国・北朝鮮との交流があり、海と陸とのシルクロードのルートの一端を担ってきた。国内では北前船の基軸港となり、北は北海道から南は九州に至るまで各種物産はもとより「文化」まで輸送してきた。江戸時代には日本海海運の拠点として一八五八年の修好通商条約で横浜・神戸などと共に開港五港の一つに指定され、一八六八年に開港。今でこそ「環日本海時代」「北東アジア」が注目されているが、もともと新潟県人は「環日本海時代」のパイオニアであり、国際性と公共性を持ち合わせていたと言えよう。

その証左として実業界の人物を列挙してみよう。三井物産初代社長の益田孝は、「眼前の利に迷い、永遠の利を忘れるごときことなく」国家の利益を最優先することを旨とし、三井物産を設立した。さらに「情報の重要性」から中外物価新報（日本経済新聞の前身）

の創刊を行った。また、大倉財閥の設立者大倉喜八郎は貿易、建設、製鉄、化学、食品、繊維など数多くの会社を興し、大倉商業学校（東京経済大学の前身）を創設し、人づくりと物づくりを行った。さらには渋沢栄一らと共に鹿鳴館、帝国ホテル、帝国劇場なども設立に尽力した。特に晩年は公共事業や教育事業には惜しみなく私財を投じている。

このような気質は、脈々と現代にまで受け継がれている。例えば東京を中心に全国で活躍してきた人物を東京新潟県人会会長に見ると、初代会長・大倉喜八郎をはじめ大倉喜七郎、石山賢吉、芳沢謙吉、石山賢吉（二回目）、加藤清二郎、小沢辰男、米山稔、米山一の各氏、そして今年五月就任した第十代・平辰氏など錚々《そうそう》たる顔ぶれである。同会は二〇一〇年に創立百周年を迎えるが新潟県人の「意気込み」を世の中に示してほしいと思っている。

新潟県人の心の底辺には特に「故郷、ルーツ」を愛し尊ぶ因子が強いと思う。忍耐強く、粘り強く、そして「国際性と公共性」は、何よりも先祖を尊び、近くは父母を尊び感謝することがベースとなっている。これこそが人間としての原点であり、宇宙という生命体を守り、発展させていくキーワードである。

国際保護鳥・県の鳥「トキ」は、今秋いよいよ自然放鳥され、佐渡の天空に舞うことだろう。また、「佐渡金銀山」は世界遺産登録を目指す努力がなされている。県章は円形で融和と希望を象徴、県のシンボルマークは日本海大交流時代の拠点である新潟県の美しい文化や情報が世界に拡《ひろ》がっていく国際性・積極性を表現している。新潟県には潜在能力がある。新時代の日本、アジアの黎明《れいめい》は、昔も今も、我ら新潟県人がその大きな一翼を担っていると思っている。

新潟　父母への手紙　目次

【巻頭言】父母の愛は「聖」なるもの
宮田　亮平（東京藝術大学学長）……3
【解説】故郷、ルーツを愛し尊ぶ新潟県人の県民性
浅島　誠（東京大学副学長）……7
「桜の森の満開の下」その後
坂口　綱男（写真家）……23
母さんへ
黒井　健（絵本画家、イラストレーター）……28
両親への手紙
大桃　美代子（タレント）……32
実の母と第二の母
親松　英治（彫刻家、日展評議員）……36
惑星から見た昔の日本
伊藤　文吉（北方文化博物館館長）……40
無口な父へ「ありがとう」
加藤　澤男（筑波大学人間総合科学研究科教授、メキシコ・ミュンヘン・モントリオール五輪金メダリスト）……45

記念館と虹児展のこと
蕗谷 龍夫（蕗谷虹児記念館名誉館長）……49
似たものどうし
南場 智子（ディー・エヌ・エー代表取締役社長）……55
父の背中
髙橋 秀夫（東京松之山会会長、東京新潟県人会副会長）……61
満月に屈めば己が影の中
鶴橋 康夫（テレビ演出家・映画監督）……64
お母上様へ
高橋 すみ（鍋茶屋女将）……70
背中の教えは「本を読め」
佐藤 重喜（文化放送取締役会長、東京新潟県人会理事、東京関原会会長）……74
父親の思いやり
古川 長四郎（古川海運㈱社長、元佐渡汽船㈱社長）……79
「お前は作家になれ」と父は言った
工藤 美代子（作家）……84
恩返しをしたいから
皆川 賢太郎（アルペンスキー選手（チームアルビレックス新潟）、トリノ五輪アルペンスキー男子回転4位）……89

心の支え
奥村　愛（ヴァイオリニスト）……93
父が泣いた日
市川　昭二（東京松代会顧問、東京新潟県人会理事）……98
母への感謝
庄山　悦彦（日立製作所取締役会長）……102
母の日に寄せて
河田　珪子（支え合いの仕組みづくりアドバイザー、うちの実家代表）……107
お天道様が見てござっしゃる
清水　重蔵（水の駅「ビュー福島潟」館長、日本写真家協会会員）……112
今も一緒に居てくれてありがとう
小林　保廣（二幸産業㈱社長、東京新潟県人会副会長）……116
人様には「惜しまず協力」の教え
高橋　和子（東京新潟県人会常務理事、東京おかみさん会会長、東京おけさ会代表、全国仏教婦人連盟役員）……120
心の居場所を応援してくれた母
松浦　幸子（精神保健福祉士、クッキングハウス代表）……125
ル・レクチェがつなぐ父との絆
浅妻　均（無職）……130

格好良い老人
前川　睦夫（株式会社私の部屋リビング代表取締役社長）……134
杖をついた高校生
中野　不二男（ノンフィクション作家、科学・技術ジャーナリスト、ＪＡＸＡ（宇宙航空技術研究開発機構）招聘研究員）……139
父の選択、私の選択
池田　弘（ＮＳＧグループ代表、アルビレックス新潟会長、神明宮宮司）……144
父母恋々
たか　たかし（作詞家）……149
天空の彼方へ
池田　孝一郎（元ＴＢＳアナウンサー（アナウンス部長・報道総局次長）、東京新潟県人会常務理事（広報委員長）、首都圏えちご蒲原会会長、東京えちご巻町会会長）……153
お父さん、お母さんありがとう
清水　義晴（えにし屋主宰）……158
文三おけさは私の子守歌
村田　しげ子（東京新潟県人会女性委員会、東京相川会副会長）……162
骨を噛む
春日　寛（弁護士、東京新潟県人会副会長、立正大学名誉教授）……167
想い出
内田　勝男（元大関豊山）……172

前略　父上様
日下部　朋子（ジェイクラブ代表、イベントプロデューサー）……177
父の背中
藤井　直美（声楽家）……183
虹の母
渡辺　恵美（池坊華道教授、東京新潟県人会常務理事、東京両津の会会長）……188
降りてくる言魂
橋本　昌子（NPO法人佐渡の福祉〝ゆい〟理事長）……192
お母さん、ありがとう
中村　真衣（シドニー五輪女子背泳ぎ銀メダリスト）……197
信仰心の厚かった母
北原　保雄（日本学生支援機構理事長、筑波大学名誉教授）……202
母の教えに思う
小菅　俊信（東京新潟県人会常務理事、東京浦川原会会長）……207
親を思う心
三條　和男（フレンド幼稚園園長）……211
耐え抜いた亡父、その無言の教え
國武　正彦（元新潟県農業試験場長）……215

安吾より、母系の女たち
齋藤　正行（新潟・市民映画館シネ・ウインド代表、安吾の会世話人代表）……220
かっかへ
林家　こん平（落語家）……226
父に学んだ「自然との共生が育む人生の教訓」
高野　毅（財団法人新穂農業振興公社事務局長、トキの野生復帰連絡協議会会長）……228
父と母の精神・愛に育まれて
木村　紀子（特定非営利活動法人感声アイモ理事長、特定非営利活動法人佐渡の声理事長、東京新潟県人会理事、声育士）……233
物差しで叩かれたおふくろの思い出
米山　一（公認会計士・税理士、前東京新潟県人会会長、東京小国会会長）……238
両親の勇気ある決断に感謝！
よこざわ　けい子（声優、㈱ゆーりんプロ代表取締役）……242
父との三つの思い出
嘉瀬　誠次（花火師、嘉瀬煙火工業代表取締役）……246
親父の記憶
江口　歩（新潟お笑い集団NAMARA代表）……251
守ってくれてありがとう
五十嵐　豊（財団法人山の暮らし再生機構地域連携ディレクター）……255

父母との絆
矢久保　篤司（東京広神会）……259
母というものの存在
平田　大六（関川村長、元大洋酒造社長）……263
母が立派過ぎて困る
古泉　智浩（漫画家）……269
四人の親から自由な人生を頂く
矢部　正二（三和建設㈱代表取締役、北区新潟県人会会長）……274
わがままも聞いてくれた父母
泉田　裕彦（新潟県知事）……278
【おわりに】
平　辰（日本の親に感謝する会代表発起人、東京新潟県人会会長）……284

東京新潟県人会の関係者で、次の方々からも原稿をいただきました。お名前を紹介いたします。

・市村　善幸（新井高校同窓会東京支部長）
・八木　智恵子（東京新潟県人会文化委員）
・藤村　世都嘉（村山）（日本新舞踊・藤村流家元）
・渡辺　光子（立川新潟県人会）
・石黒　勝夫（会社取締役・営業部長）
・児玉　信（ちゃんこ巴潟店主）

（編集部注）手紙の掲載順は原稿の到着順とさせていただきました。
筆者の肩書などは、ご執筆いただいた平成二十年の初夏時点でのものです。

「桜の森の満開の下」その後

坂口綱男（写真家）

桜が咲くころになると、『桜の森の満開の下』が無性に読みたくなります。この作品を最初に読んだのは中学生になったばかりのころで、私が、父、坂口安吾を作家であると認識した、最初の作品でした。

ラジオの深夜放送を聞き終わり、ふと気になっていたその本を開き、一気に最後まで読み切り、読み終わった時にはもう窓の外が白んでいました。眠れぬまま家人が起きぬようそっと家を抜け出し、自転車をこぎだしました。朝靄《もや》の中を、そのころ住んでいた四谷の近くの土手まで行ったとき、ハラハラと花びらを落とす満開を少し過ぎた桜がありました。桜の林と張り詰めた冷たい空気に、今読み終えたばかりの作品が重なって、受け止めきれない衝撃でただただ彷徨《さまよ》い歩いたことを覚えています。

「…あとに花びらと、冷めたい虚空がはりつめているばかりでした」と終わる『桜の森の満開の下』。そのとき、誰もいない桜の林の中にいたのです。

もう一度そんな風景に出くわしてみたい。あの作品を読んで以来、三十年ずっと思い続けてきました。

この季節、母との話の中でも「そろそろ桜だねぇ」とぽつんと言い合うことがありました。母にも『桜の森の満開の下』という作品には特別な想《おも》いがあると言っていました。近ごろでは、娘と「桜だねぇ」と言葉を交わします。娘は坂口安吾を卒論のテーマにし、やはり何か想いがあるのだと言います。わが家ではそれぞれが、〝誰もいない満開の桜の下を歩く〟という、この国では見果てぬような望みを心の奥底に秘めて、この季節をむかえているようです。

私にとって『桜の森の満開の下』は、父がいまだに書店に作品が並ぶ作家であったことを認識させるきっかけであったのですが、一方で、のちのち私自身のアイデンティティーを危うくさせることにもつながっていたのです。

あの『桜の森の満開の下』を書いた父を二歳で亡くした私は、思春期には父の存在を受け止めきれず、また実体のない父に反発していました。二十歳のころには家を出て、父とかかわることなく、母が亡くなる四十二歳まで生きてきたのです。

父亡き後、母は頑《かたく》なな安吾の護《まも》り人であり、安吾の語り部でした。私はといえば、のうのうと、父に背を向け、ひたすら自身の表現活動に専念してきたのです。今考えれば、結果として母は私をも護っていたのかもしれません。

昭和29年ごろ、桐生の家の庭で父と

母が亡くなって私を取り囲む世界が一変しました。父の著作物から発生する出版物の管理、映画化、ドラマ化、舞台化、果ては取材や、原稿依頼まで、坂口安吾に関わる諸々《もろもろ》の事柄が、すべて私を受け皿にしてやってくるようになったのです。二十年近く父とかかわることを避けてきましたし、それを許容してもらってきたわけですからその反動は大きく、それまで避けてきた「彼が何者であったのか」という問いに、あらためてとりかかることから始めなければならなかったのです。ややこしくて面倒くさい作業に、しかも今回は、著作物の管理業務という現実的な問題のおまけまで付いていました。そして毎日が、父と亡くなったばかりの母のことで忙殺されていったのです。

母に代わって安吾の護り人たらんとするうちに、私はいつのまにか〝安吾の息子〟という冠がつく存在になっていました。父の亡くなった年齢と自分の年齢が交差すると、父と作家坂口安吾と母と自分とのかかわりを見直さねばならなくなりました。

それまでの二十年間、テレビの取材に応じたこともないし、まして父のことで原稿依頼が舞い込んできても、母がいたので私が受ける必要はなかったのです。私の中では、もっとも避けねばならないのは原稿依頼だと思っています。作家の息子が第三者に文章を見られることほどキツイことはない、これは今も変わらないのですが、どういうわけかそのころ、雑誌「すばる」に二回にわたって、エッセイを載せてしまったのです。原稿にして二百五十枚の長編で、まさか自分でもそんなものを書くとは思っていなかったのですが、父と母への追悼になればと書き始めたものが、書き上げたときには、父の存在にかき消されそうになっていた私自身のアイデンティティーも、確かなものとすることになっていました。

原稿は、のちに本として出版されました。私の生業《なりわい》である写真を一枚も使わない、文字だけの唯一の本です。そして本が出版された時、これを見て一番喜ぶのは母だろうなと思いました。皮肉なものですが、彼女が亡くならなければおそらく私は、これを書かなかったろうとも思うのです。

今年も、あの誰もいない『桜の森の満開の下』を歩けませんでした。

（この原稿を〝母の日〟の翌日に校了す）

母さんへ

黒井　健
〔絵本画家　イラストレーター〕

その後元気にしていますか？

新潟を出て半年、心配かけたけど母さんや父さんにようやくいい知らせができるので手紙を書きます。出版社に編集者として採用されました。

三月には駅まで見送りに来てくれてありがとう。遅い雪のちらつくホームに一人、涙を溜《た》めていつまでも立っていた母さんの姿は生涯忘れることはないと思う。心配ばかりかけてすまない。浪人してようやく入学した大学の卒業を前にして、教員試験を受験すらしない、おまけに内定していた会社もいかない、いきなり「東京へ行く！」と…。不安で心細かったのだろうね。そんなおふくろの気持ちを察するゆとりもなく、東京へ行くんだ！　イラストレーターになるには東京へ行かなければ！　と、思いつめていた。しか

1975年ごろ、東京目黒のアパートで。左から母、妻、父。後方筆者

し、その働き先もなく、住む所すらない上京だったからね。

あれから、ノブ、知っているよね、高校時代の同級生のノブ、彼のところにしばらく置いてもらって職探しをしたよ。だけど、イラストレーターは無理だった。先輩の紹介や求人広告でデザイン事務所に面接に行ってみたけど、絵一枚すら見てもらえなかった。イラストレーターになるなんて無謀な夢なんだろうね。仕方がないので、浅草のスナックで働いたり、池袋の会社で配送の運転手をしたりしていた。でも、いったいこれから自分はどうなるのだろうかと、暗澹《あんたん》とした気持ちでいっぱいだった。そしたらね、新聞の求人広告の中で光を見たんだ。〈絵本編集者募集〉って。もしこの仕事に就くことができたら、絵を描くことをあきらめても、一生絵のそばで生きていけると思った。ワラにもすがる思いで、入社試験を受けたんだ。三日間も試験だったけど、受かったよ！　正直、驚いた！

配送の仕事も昨日無事に辞めることができて、明々後日から出社することになりました。心配かけたけど、もう大丈夫、安心してください。それから、アパートの頭金のこと、父さんにありがとうと伝えて、いつか必ず返すからとも。

父さん、母さん、ありがとう。からだを大事にね。

一九七一年七月　健

この手紙は、実際に母に郵送された手紙ではありません。ポストに入れてあげなければいけなかった手紙です。心配していることは知りながら、自分が不安で、親を安心させることを思い付かなかったのです。父も母も亡くなった今ごろ書いてみて、出すべき手紙だったたと、後悔で胸がいっぱいになりました。そしたら、どんなに安心しただろうか。

結局のところ、安住の職を得たその二年後、また不安定なイラストレーターになると言いだして、相談もなしに退社してしまうのですから、ほんのつかの間の安心だったともいえます。しかし、不思議なことに、数々の私の無謀な行動を見ながら、父と母は何一つ怒ったり、諭したりしなかったのです。ただ不安そうに見ていただけでした。ずっと後になって、その不思議さを母に尋ねたことがありました。

「もう、大学も出たし大人だったから」と、答えてくれましたが、思い込んだらしゃにむにやってしまう息子に、何をどう言っていいのか分からなかったのだろうし、言ったところで聞かないと、思っていたのかもしれません。

両親への手紙

大桃　美代子（タレント）

お元気ですか？　あらためて両親への手紙を書こうと親子の関係を振り返ってみると、なんだかいつも反抗ばかりしていたような気がします。

幼いころから、気が強く「危ない、やめなさい」と注意される方向ばかりに興味があった私。二歳の時に、母の実家のお風呂で湯船に水を張り、金魚を泳がせている姿をズーッと見ていた時「危ないから、こっちに来なさい」と言われてもそのまま、お風呂場で金魚を見ていたそうですね。時間がたっても来ないので見に行くと、風呂に頭を突っ込みおむつが浮いていた。心臓も止まり、一度は死んだと言われた私。運ばれた病院のお医者様の懸命な蘇生《そせい》処置でまたここに戻ってきました。「危ないから」の親のことばを聞かなかったのは、このころから始まっていたのですね。

その後も親への反抗がますますひどくなっていきましたね。中学、高校と生意気盛りの私は親への口ごたえと負けん気を身に付けていきました。皮肉なことにその時身に付けた屁《へ》理屈が芸能界で今、役立っています。お腹《なか》を痛め、産んだ子の口から出る言葉で、お母さんを随分傷つけました。あの時はごめんなさい。

高校に進学する時に「もう義務教育ではないんだから、自分のことは自分でしなさい」と大人として接すると言われたことを思い出します。起きる時間もお弁当も自分で決めて準備しなさいと。お弁当箱を買ってきて横に置き、紙におかずの配置を描く。色を塗って、彩りを見て、想像する。レパートリーはウインナー、卵焼き、ホタテフライ、ほうれん草。たまに、野菜炒めや、焼きそばも登場しますが、できる料理の品数はこれくらい。しっかりイメージしないと何事も進められない私。作ってくれないことに「鬼！」と文句を言ったりしたけど、最後までお弁当を作ってくれませんでしたね。料理のできないことが悔しくて、料理の本を買って勉強しました。おかげさまで芸能界で料理番組をやったり、レシピまで他人様に紹介しています。お弁当の文句を言ってあの時はごめんさない。

そして、ありがとう。

お母さんは料理が上手ですよね。私が大好きなのは、小学校の運動会の時に作ってくれた〝おいなりさん〟です。

大学に進学したいという時に、「やりたいことが決まってないなら地元に就職だ」と言いましたね。お父さん。ごもっともなんですけど、都会も知りたかったんです。長男で、土地を守らなくてはいけないお父さんと違って、私は女ですから。やりたいことやってみたかった。「水商売だけはやめてくれ」と言われたのに、芸能界という先の見えない水商売に入ってしまいました。一番嫌だったことをしています。テレビで稼いだお金で、旅行に連れて行ったら、芸能界で仕事をするのを許してくれたお父さん。心変わりが早かったですね。しつけや人の道に厳しい割に、状態を受け入れる柔軟性にはいつも驚かされます。というか、いつも笑わせてもらってます。ありがとう。

二〇〇四年の中越地震からの復興を全国の人に知ってもらうために、地元での農業を始めると言った私に協力してもらっていますよね。体を酷使させていないか心配です。農業が初めてで、要領が悪いといつもイライラさせていますね。高血圧が心配です。そんな時、二人で軽トラックに乗って移動していたら、前の車がのろのろ運転。イライラしながら追い越した時に言ったお父さんの一言が忘れられません。「ジジイがノロノロして～」。運転している人をチラッとみましたが、五十代くらいの男性でした。「お父さん！　明らかに、あなたより若い人ですから～！」。農作業の疲れが吹き飛ぶほど笑わせてもらってます。

今、農業を経験して反抗期が終わろうとしています。いい年して遅くなったけど、これからいい子になるからね。今までごめんなさい。ありがとう！　これからもよろしくお願いします。

実の母と第二の母

親松　英治（彫刻家、日展評議員）

着古せし　刺子の襦袢《じゅばん》身にまとい　野良に出ましき　母なりしかな

私の好きな父の短歌である。幼い日何げなく庭の石をひっくりかえしたとき、必死になって卵を守ろうとする雌のはさみ虫を見て自然に親というものの愛情のすごさを実感したのを覚えている。

私の母は戦時の欠乏と苛酷《かこく》な労働がたたって結核を病み、ある朝、呼吸困難をうったえ、雪の道をソリに乗せられて佐渡市内の国中《くになか》の病院に向かい、そのまま入院し、家には母のいない生活が長くつづくこととなった。

終戦を迎え母も奇跡のように回復し家に戻ることができたのであるが、肺の半分以上がつぶれており、すぐ疲れ、すぐ休みながら農作業を手伝う状態であった。ある日、坂道を上るとき、私は母の荷を軽くしようと思い、稲束を私の荷に移そうとしたが、母は私の重荷が増すことを心配してこばみつづけ、はあはあと苦しい息づかいをしながら家にたどり着くのであった。

高校修了と同時に次男である私は当時ただ一人、人間国宝として国の第一号の指定を受けられた蝋型《ろうがた》鋳金の佐々木象堂先生のもとへ内弟子として入門することになった。

その後兄からの手紙によると父と母は私が芸術家の「卵」になったと言って、それまで貴重な栄養としていた卵を一切食べなくなったという。

内弟子の生活は朝六時に起床し掃除に始まって日中はロクロの練習をし、夕方六時に通いの兄弟子たちが帰り、七時に夕食を終えると、しばらくして先生のお話が始まるのである。

芸術家をつくるまえに人間をつくらねばならぬ、とおっしゃって、奥さまを交えて毎晩三十分から一時間のお話があった。

初めての夜お話されたのは千利久の話であった。小僧であった利久がある日師匠に呼ばれ、お庭を掃除するよう命じられた、見るとすでに先輩の僧が塵《ちり》一つなく掃き清めた後であったので、常人ならなぜ？　といぶかしく思うところだが、利久はつかつかと庭に降りて一本の木をゆすって落葉を散らした。するとそこにただちに秋の気配と茶の湯の風情がただよい、師匠は利久の才能に深く感心したというお話であった。

奥さまは他人の大事な子供を預かるのだからと言って、私の日々の食事と睡眠の時間にも特別気をつかい、私の身長が伸びないからといって夜十一時以降の読書は禁止であった。

若い人は現在未熟であっても未来は限りなく開かれている、と言って弟子たちの人格を大切にされ、お食事の時も私たちに対して給仕を終えられてからご自分のお箸《はし》を手にされる日常であった。

ある晩のこと私は先生のいないところで奥さまに対して「奥さまは美人で高等師範までお出になっているのにどうしてこんな貧乏な象堂先生と結婚したんですか」と聞いた。今思えば無礼な恥ずかしい言葉を口にしたものだと思うのであるが、奥さまはびっくりした様子で一瞬きっとなって私の顔をにらみつけた。やがて元の柔和な表情で、「私はお金持ちがきらいだった、不誠実なお金持ちの人よりも貧しい人が好きだった、貧しくても真実一路に生きる象堂が好きだった」と、きっぱりとした口調で言われた。

当時先輩の兄弟子が二人いたが宮田藍堂（第二代）という大先輩がいて、いつも私を守ってくれていたので私は兄弟子という恐ろしいものにいじめられたことは一度もない。

晩年の奥さまに、私の短い内弟子生活で先生の弟子を名のるのはおこがましいですね、とお話すると、「あなたが象堂の弟子と言ってくれたら嬉《うれ》しいんだけど」とのお言葉であった。

私の初めての個展で奥さまに会った人たちが口々にあなたの母親みたいだね、と言うのを聞くとき誠に彼女は私の第二の母であったと実感するのである。

今、生前の多くのお手紙をあらためて読み返すと「あなたの上に主（神）の恩寵《おんちょう》が豊かにありますように」と結ばれている。

惑星から見た昔の日本

伊藤　文吉（北方文化博物館館長）

昨年の九月に八十歳の峠をやっと越えた私が、遠い昔私を生み育ててくれた両親のことを思い出すのは不可能に近い話だと思っていたが、書き出してみるといろんなことが矢継ぎ早に脳裏に浮かんでくるのが不思議である。

なぜこんなに遠くへ流れ去った過去が一年前のように思い出されるのであろう。多分宇宙に打ち上げられた宇宙飛行士たちが感じている無重力と同じような、体験したことのない社会空間に今私たちが居るということなのだろう。時代というものは少しずつ変化し、考え方も欲求も少しずつ変化してゆくものであったが、めまぐるしく人の心も物も変動するこの時代に生きていると、私たちまでが平衡感覚をなくし無重力状態になってしまって、かつての日本人が住み慣れた惑星日本号を思い出すことが案外に容易になったせいいかもしれぬ。

私は部屋数七十近くある大きな家で生まれ、男の年子三人兄弟で育った。使用人も男女あわせ五十名近く居たと思う。外から見るとさぞかし〝蝶《ちょう》よ花よ〟と育てられたと思う人も多いであろうが、実際はそれとは程遠く、私たち三兄弟は畳四枚の小さな部屋で小学生時代を過ごした。しかしこの部屋を小さいと感じたことは一度も無かったことを、今思い出している。これは父親の子育ての基本だったのだろう。小さな部屋で雑居する中でお互いに兄弟を意識させようと考えていたのだろう。

年に一度家族で東京へ遊びに連れて行ってもらうのが何よりの楽しみであった。今日のように一時間半で行ける東京ではなく、八時間もかけての時代の話である。単調な村での食生活を送っていた私たちにとって至福の時であった。もちろん汽車は各駅停車、その駅には珍しい食べ物を売る弁当屋さんが居たし、今日のように乱雑な食文化が流行している時代とは違い、種類は少ないがすべて出来たてのものばかり。父親が見立ててくれるのであるが、私たち子供の嗜好《しこう》など関係なく買ってくる。きまって値段は常に三段階、高いのは長兄の私。そんなことを今の父親がやったら「差別」だと言って子供たちから総すかんを食うであろうが、あの時代は差別することはないが、区別していたのである。弁当はすぐ子供に配られるわけではなく、父親はそれぞれの中味に大きい鼻をつけて臭《にお》いをかいで必ず一つか二つ箸《はし》で取り除くのである。親が悪いものを取り出して安全なものを、ということを子供たちに見せたのであろう。親がすることはすべて安心ということを子供に見せたのだろう。

あのころ、良いこと悪いことすべては、親のやることを通して子供の脳裏に入れられたのである。子供が親を信じることから家庭生活すべてが始まったのである。父も母も夫婦として毎日仲良しで過ごしたとは思わないが、私たち子供の前では言い争ったり中傷し合ったりしたことは一度もなかった。父は晩酌をよくやっていたので父の食卓には必ず二、三品は多く付いた。そして私たち三兄弟にも魚の切り身が各々《おのおの》付くが、必ず長兄の私には見てはっきりわかる大きさで違っていた。これはあくまで差別ではなく区別したのだと思う。そのかわり何か弟たちが粗相をした場合、私がしたことにする。長兄がすべて弟たちの責任を肩代りする覚悟はあった。

母の思い出となるとやはり食べ物のことになる。粗食時代の朝食はとてもシンプルなもので、卵は必ず生みたてのものが出たが、一人一つではなかった。一つの卵を茶碗に割って「皆平等に分けるのだよ」と言って母は茶碗の中で卵を掻《か》き混ぜて、御飯の上にかけてくれた。新鮮な生卵は平等には分けられない。兄弟三人がどっちに多く入ったか真剣に見つめていたものだ。母親を中心に子供三人が頭をくっつけて「多い」だの「少ない」だのを口には出さぬが見つめていた七十年前が懐かしい。

遠い昔から、旅して帰ると私たち日本人は皆がまず〈お袋の味〉を求めて走る。人間のみならず地球上に生息する哺乳《ほにゅう》動物はすべて母親から生まれ、母親から食べ物を与えられ、母親の乳を飲んで育てられる。母親からもらえる食べ物が一番安心して食べられることはすべての生物は知っている。だから寂しい所へ行くと母親を思い出し、帰国し安心できる所に帰ると母親が作るようなものを体が求めるのである。しかし今日のように飽食にどっぷりと漬かった時代になると、外来語のグルメなどという言葉が流行《はや》り出す。食通、美食家、大食漢と各々全く意味合いの違う言葉を無造作に使う。最近のテレビ、雑誌の飽食番組や記事に出る無数の国籍不明料理。食材が世界から集まり、プロの料理人が巧みに作り上げる。料理のタレントたちは口をそろえて「甘い」「柔らかい」この二つだけ。世界から届く豊富な食材、腕の立つ料理人が作る料理の芸術品をこの二つの食感覚でしか表現できないのは情けないし、申し訳ない。

イタリア人がうまい食事にありついたら何と言うであろう。彼らは「グスト・ディ・マンマ（お袋の味だ）！」と言うでしょう。

今日の日本は食事も子育ても教育も、便利に早く、手間を掛けずに！になってきたのではないだろうか。昔父親や母親はすべてのことに手を抜かず、手間を掛けてゆっくりやってきてくれた。だから、お袋の味は本当にうまかったし、親父は恐ろしかったが、安心してついていったものだ。

無口な父へ「ありがとう」

加藤　澤男
（筑波大学人間総合科学研究科教授
メキシコ・ミュンヘン・モントリオール五輪金メダリスト）

選手生活を終えて三十余年、今になっても自身のやってきた体操について考えさせられている。私の昔を知る人たちから「静かに試合をしてましたね」と言われることがある。確かに、今日のように発展したメディア環境下でいろんな対応を強いられる選手たちにくらべれば、無口、無愛想に見えたのかもしれないが、私自身、無口であることを苦にはしていなかったように思う。

中学時代、自分の部屋で木工に夢中になっていたころ、母に「二日も三日も黙りこくって何やっているんだ」と言われて気づいた。自身では話さないことが全く気になっていなかったのだ。また、教育系の大学に進み、修士課程を含めて九年間も学生生活をおくった。兄弟五人は国鉄勤めの父の給料では限界だったにちがいない。大学生活九年の理由を探すと、体操を続けたいことと、もう一つ、教師になる決断がつかなかったことがあった。無口な生き方をしていたので人前で話すことが得意になれなかったのだ。人に無口を指摘されたとき、「東京では、人と会話をすることの少ないお風呂屋さんの釜焚《かまたき》と、早朝仕事の豆腐屋さんに新潟県人が多いらしいし、私も新潟生まれだからしかたがないんでしょう」とつくろっていた。

体操選手にもいろんなタイプがあり、口数の多い選手、何も言わずに黙々と練習できる選手がいる。私はこの沈黙型だった。口数の多少にかかわらず、体操選手は自身の体との対話が絶対的に必要である。何か技ができるようになるには、単なる知識情報だけではできるわけがなく、まず、自分の運動感覚との相談が必要になる。何の手がかりもなく難しい技に挑むことは危険きわまりない。何か新しい技に挑戦しようと思ったとき、体験を通した運動感覚の活用がまず必要になり、この体験感覚を通した自分なりの算段があってこそ初めて一歩踏み出すことができる。

自身の運動経験（感覚）と相談するのに声や文字のような言葉は要《い》らない。むしろ、言葉で表そうとして適語を探すことのほうが難しい。ベートーベンの交響曲やモネの名画を文字で表現し尽くそうとするようなものだ。宗教・宗派によって違いはあるが、悟りの境地に達するための修行がある。声、音を出し続けて忘我の境地を得ようとするものや、意図的に孤立して自身の内側へ入ろうとするものがあるように、体操の練習も似た側面をもっている。論理の正否・有無にかかわらず、自身の算段で、動いて、できなければならない。「わかる」ことですむならばスポーツはやる必要がない。運動選手の資質として第一に要求される自身との対話に面したとき、私には無口という入り口があった。

私の無口のルーツを探ると一番身近に父がいた。十分な理由説明もなく、下駄箱を整理していたその長靴で殴られた記憶もある。私は物いじりが好きで、たいがい、いじりすぎて壊してしまう。父の怒りは、正直に私が壊したと言わなかったために爆発したものだった。また逆に、小学生時代だったと思うが、澤男という私の名前で兄と論争になった。兄は「お前は男兄弟の最後だから、男はもう沢山《たくさん》だという命名だ」と言う。悔しくて母親に告げ口したら、ある時、父が「光澤の澤でツヤの意味だ」と言ってくれた。普段はほとんど話さないのに、この時の父の一言は威厳に満ち、納得ができた。ともあれ、五人兄弟、無口な父という環境下で、余計なことを話さず、まず自身を見、他の人を見るのに自分を通して考えるという行動形式に行き着いたのではないかと思う。このパターンだと、うまくいっているうちはほとんど言葉を口にする必要がない。逆に、常に自身の体験を通した判断をするので、ときおり口をついて出てくる言葉は説明不足、独りよがりで他の人にわかってもらいにくいという反面はある。しかし、私自身、自分の運動感覚との対話には無口が一番適していたので選手をやってこれたのだ。

父は新潟地震の折、三十キロもあろうかという荷物を背負い、旧村松町から四十キロも離れた新潟市内の親戚《せき》まで何回か歩いて慰問に回った。その無理がたたったのか、体調を崩し、ちょうど定年の時期も近かったので国鉄を退職して家にこもった。私は新潟地震の翌年に東京の大学へ出たので、それ以降ほとんど父の声を聞くことはなくなった。昭和五十七年に父は胃がんがほかに転移し、七十二歳でこの世を去った。知らせを受け、飛んで帰ったがすでに意識はなく、会話はかなわなかった。

私の体操で、一番大切な部分を占めていた運動感覚との対話を深く考えると、やはり源は父だったと思うこのごろである。無口だったが、この世に私を創《つく》り出し、育ててくれたあの世の父に、今は届くはずもないが、心の中でありがとうと言っている。

記念館と虹児展のこと

蕗谷　龍夫
（蕗谷虹児記念館名誉館長）

昼夜ない挿絵画家の忙しさから体調をくずし、医者の勧めで始めた父の魚釣り――。東京から戦時疎開した御殿場線の山北町でも、香りのいい楠《くすのき》製のケースから鬧烏《やみがらす》、お染、磯千鳥といった雅《みやび》な名の毛鉤《けばり》を選びとり、特注の釣竿《つりざお》を振って鮎《あゆ》を釣っていました。縁先で釣道具の手入れに余念なく、ときに庭先に向けて竿を継ぎ足していた後ろ姿……。酒匂川《さかわ》の鮎の解禁日は六月一日、父はもちろん子も待ちわびたその日が近づくと、いまも鮎釣りに熱中したころのことを思い出します。

昨年、新発田市の蕗谷虹児記念館が開館二十年を迎えました。

また東京の弥生美術館では《理知と官能の女性美》、新潟県立万代島美術館では《魅惑の線・輝く色彩》、金沢湯涌夢二館では《夢二の面影・パリの追憶》と、それぞれ独自に蕗谷虹児展が開かれ、なかでも信濃川の河口にそびえる朱鷺メッセでの虹児展は出展数が七百点という最大規模の回顧展になりました。

――以上、ご報告するまでもないですね。会場ではいつも親父《おやじ》さんの上機嫌な気配を感じていました。

1948年、疎開先（山北町）で、左から筆者、虹児、弟

現在、蕗谷虹児記念館で展示中の作品や資料の多くは、開館後に蒐《しゅう》集したものです。

関東大震災や東京大空襲で焼失したらしく、とくにデビュー当時の原画や雑誌はなかなか見つかりません。筆名を紅児から虹児に変えた時期が確定できたのは昨年でした。詩画集も「孤《ひと》り星」、「雫《しずく》の真珠」、「花嫁人形」など十冊全《すべ》てがようやく揃《そろ》ったところです。

売れっ子挿絵画家が人気を捨て、エコール・ド・パリの渦中に身を投じたわけですが、翌年から公募展である春・秋のサロンに連続九点の入選を果たしたことは、ほとんど知られていませんでした。が、いまは作品名も判明しています。ただ、日本に在ると確認できたのは二点だけ。シャンゼリゼの一流画廊ジヴィの個展に出品した三十二点を含め、大半の絵に買い手がつき、結果として滞欧作を持ち帰れず、帰朝展覧会も開けずじまいに。

十年前に、パリの画商倉庫で『柘榴《ざくろ》を持つ女』が見つかったときは、個人で購入し、修復後は各展から出品を請われています。東京都庭園美術館の「アール・デコと東洋展」では、主会場でポスターを彩る一点に選ばれた絵を前に、親父、よかったなあと。

今回、北京の魯迅博物館から、魯迅が虹児の詩『岸よ柳よ—新潟港—』を中国語に訳した直筆原稿のコピーを送ってもらい、はじめて展示することができました。一九二九年に上海で出版された魯迅編の「蕗谷虹児画選」、これも見せたかったです、生前に。

磯辺勝氏の『蕗谷虹児の生涯 天から授けられた珠《たま》』（河出書房新社・名作絵本）には、

こうありました。「情の人としての虹児の苦悩が、目に見えるようである。結婚の翌年には三男が生まれた。さらに翌々年には四男が生まれた。……美しい十代の夫人と子どもたち、この家族のために働くのに、なにを迷うことがあろう」

疎開先で暮らした十年——。戦後も、出品画にすぐ再挑戦とはいかなかった。腹をすかせた家族を抱えていては、復刊、創刊された各誌に再び描くしかなく、絵本を八年描いたのは子の学費を稼ぐためで、子もまた一つ屋根の下で苦闘する父親を見て育ったのです。

万代島美術館の第七、八室には、絵本九冊の原画全点が物語付きで展示され、《輝く色彩》があふれていました。そして、ふるさと新発田の街では、昨春から、虹児の『おやゆび姫』と『一寸法師』のコミュニティバスが走り始めたんですよ。

放送局のカメラマンになり、南氷洋の捕鯨船団やヒマラヤ遠征登山隊に長期同行するなど、旅から旅が日常になった私も、父の新作個展には顔を出し、晩年の五冊の画集はサイン入りでもらっています。「龍夫君」とあるのを三冊、君が「殿」になったのを二冊。

『西堀通り』は、七十四歳の個展出品作。雪舞う橋の上で母エツの角巻にくるまれて立つ自身を描いた母子像です。エッさんには写真がなく、虹児の絵で偲《しの》ぶしかありません。
この絵には、老詩生こと堀口大學さんから『虹児画伯礼讃』という詩が贈られました。

……霰《あられ》小紋の裾《すそ》長く
艶《つや》こぼす角巻すがた
若い母
吐く息白く　かぐわしく

喜寿近い老いの日の
君の絵の　今更に
花嫁ご寮さながらに
甘く　悲しく、かぐわしく

たしか、「蕗谷虹児抒情画大集」を出版したときでしたね。

西堀通り

そして享年八十、没後に画室の抽斗《ひきだし》から見つかった、二十三行の無題の詩――。

……息子たちの稚《おさな》い嫁たちは
年毎《ごと》に大人になるが
若くして死んだ私の母は
いつまでも若くて
いまではわが家の嫁たちより若々しく
芥子《けし》の花のように弱々しく

雪の夜更けに
父を町へ迎えに行ったあの時のように
もうじきあの世から
私を迎えに来てくれるであろう

似たものどうし

南場　智子
〔ディー・エヌ・エー
代表取締役社長〕

岩手県矢巾町で「ちゃぶ台返し世界大会」が開催されたというニュースが流れた。ちゃぶ台をひっくり返して湯飲みの飛距離や飛び方の芸術性を競うお茶目《ちゃめ》な世界大会だ。ふーん、と少し笑いながら我《わ》が家でうどんが飛んだ日のことを思い出した。

そのころ父は深夜に戻ることが多かった。父の帰宅は母、姉、私のすべての営みの中断を意味する。母と姉は急いで燗《かん》をつけ、総菜を温めお膳《ぜん》を並べる。私は横で正座をし、酌をする。新聞を持って来い、チャンネルを替えろなどの指示があればウィンブルドンのボールボーイ級の速さで対応する。

父は用意された食事に手をつけずにうどんを所望することがあった。材料は常に備蓄されていたが、一度だけうどんを切らせていたことがある。母は真っ青になって父に詫《わ》びるとそのままつっかけを履いて外へ消えた。コンビニなどない時代である。夜中の十二時も回っていたが母は明かりがついている家を回ってなんとかうどんを借りて来て大慌てで調理した。そして「すみませんでした！」とテーブルに置いた瞬間、父の怒声とともにうどんが宙を舞った。岩手の世界大会のように芸術的な飛び方ではなく、飛距離もさほどではなかったが後片付けをした母は大変だったろう。

お父さんは偉大で常に正しいと教育されて育った私たち姉妹は父に対して批判的になることなどなく、このように悲劇的な事態が発生すると子供部屋にひっ下がり、緊張して待機し、再度父に呼ばれればさらに緊張して居間に行き、呼ばれずに父が寝ればほっとして別の話題でもして女三人で平和を確認するのだった。

我が家ではすべての重要な意思決定は父により行われ、父から理由の説明が行われることはなく、また決して翻ることもなかった。どれが重要事項に該当するかは母が差配した。ワンピースを買うかどうかは母のレベル、しかし自転車となるとライフスタイルにかかわるので「お父さんに聞きましょう」となる。門限は父により午後六時と定められていた。高校の学園祭の打上げコンパのときも、私は乾杯のビールをひとくち飲み、一人走って家に戻った。

その夜、間抜けな同級生がビールを飲みながら自転車をこいでいて警察に捕まった。次の日、先生が生徒を一人ずつ部屋に呼び、自分のことだけ話すように前置きをしてから飲酒の有無を聞き、飲んだと答えた生徒は全員停学をくらった。

帰宅した父の前で正座し「停学になりました」と報告すると父は停学？　と眉《まゆ》をひそめた。恐怖のあまりうまくしゃべれなかったが、なんとか父の問いに答えるかたちであらましを話すと「もういい、さがれ」と言われお咎《とが》めは一切なかった。私の横で同じく正座をしていた母もほっとして腰が抜けそうになっていたが、たったひとくちでも飲んだと正直に答えたことをお父さんは評価なさったのではないか、とあとから講釈をたれた。おそらくそれより、酒くらいどうでも良いと思ったのだと思う。学校の方針や体裁よりも父の独自の考え方で家族はピシッと運営されていた。

こんなふうに自分で考えずに父に従って育った人間が立派な経営者になれるだろうかと不安になるときもある。そんなとき私は自分の遺伝子を思い、あの強くてブレない父の娘なのだから、と腹に力を入れることにしている。

強く厳しくときに暴君になる父に対し、母は徹底的に従い、父の言うことはゼッタイであると娘たちにも刷り込んだ。が、同時に父から守ってくれる存在でもあった。門限に遅れて家に滑り込んでも父に告げ口などせず一緒に隠蔽《いんぺい》してくれた。生来おおらかで平和が好きなのだろう。私は父に抑え込まれている分、優しくて明るい母の前では傍若無人で反抗ばかりし、厄介な娘だったが、なんとかバランスを失わずに大人になれたのは母のおかげだと思っている。

その母が一九九〇年に重篤な病気になってしまった。父はその日から毎日やっていたマージャンをきっぱりやめ、なんと食事の支度から母の身の回りの世話までを一切自分でやり始めた。目の前にある爪楊枝《つまようじ》も自分で取らずに母を呼びつけていた父と本当に同じ人物かと誰もが目を疑った。意識のない母に毎日話しかけ、朝は普段着に着せ替え椅子《いす》に座らせ、夜は身体を拭《ふ》いて寝巻きに着替えて寝かせ、意地でも一日のリズムを刻ませた。きれいな景色を見せにも連れて出た。もう本人は分からないんだから、とは父にはとても言えなかった。ずっと病院に置くことを薦められたこともあったが、頑として譲らずやり通した。嫁に行った姉も子育ての傍ら父の頑張りを手伝った。

ある経営者に私は珍しく自分の家族の話をした。なんでそんな話になったのだろう。もう十七年も父は頑張ってるんです、罪滅ぼしだとしても、そろそろお釣りが出るのではと思ってるんです、と会食の席で言った。その言葉がまさか母に届いてしまうとは思わなかった。

次の日、母は逝ってしまった。二〇〇七年五月十九日のことである。

父と姉の狼狽《ろうばい》ぶりは尋常ではなかった。東京で暮らす私にとって母は十七年前に亡くなったようなものだったけれど、父と姉にとっては日常として力強く生きていたのである。どんなに手間がかかっても、どんなかたちであっても母が生きていることが父の生きがいだったのだ。

病気になる前に父が母に優しくしているところは記憶にない。けれど夫婦のあいだは娘たちには見えないことも多いだろう。優しかったこともあると聞けば私も救われる、そんな思いで父に聞いてみた。「お父さんはお母さんが意識があるときに一度くらいありがとうって言ったことあるんでしょう?」

父は急に黙ってしまった。
もしかしてこの人は私と同じことで苦しんでいるのだろうか。
それとも何か違うことを思い出したのだろうか。

父の背中

髙橋　秀夫
〔東京松之山会会長
東京新潟県人会副会長〕

生を受け七十四年、学生時代に「お金送れ」の簡単な手紙一度出した以外、親父《おやじ》やおふくろに手紙を書いたことがないことに気付いた。寂しい思いをしたことだろう。今更謝ってもはじまらないが随分申し訳ないと悔いている。

私は十人兄弟（男四人、女六人）の八番目の四男坊。父が三十五歳の時に生まれた。しかし、兄弟で成人まで生き延びたのが四人。両親より長生きしたのが三人、現在残っているのが私一人。まあその点では親孝行者の部類か。生まれながらに病弱で学校に上がってからも冬場には毎年三十日間は欠席した。高校二年の時に不節制からか全身麻痺《まひ》の病に罹《かか》り歩行困難で廃人寸前までいったが、三間博先生の適切な治療で歩けるようになった。しかし、ほとんど出席していない高校は留年となった。それを知った父は一言「辞めてもいいぞ」と言った。「辞めない」と言うと何も言わなかった。多分母にも言わなかったと思う。そして、病気の体で受験し大学に受かったとき一番喜んでいたのも父であった。

父は明治三十二年生まれ、父の親父が病弱で、小さな兄弟や自分の子育ても重なり苦労されたとよその人に聞いたが、父からは一言も愚痴を聞いたことがない。

父は小学校高学年のころから夜明けとともに起きだし、馬を引いて馬草を刈りに行ったそうで、学校はたいてい遅刻だったという。校長先生は頑張っている父を昼休み教室に残し、指導してくださった。「何とか読み書きできるのは馬場校長先生のおかげ」と感謝の言葉は何度か聞かされた。そのことがあってか、空き家になっていた母の実家を単身赴任の先生の住宅に提供し、若い先生方の世話をしていた。

その父は家業のために数えの十八歳で三歳年上の母と結婚させられた。その母も父に負けない働き者であったが無理がたたって病床についていることが多かった。食事の準備もよく父がしていた。

親父《おやじ》と遊んでもらった記憶もじっくり話したこともないが、冬場になると種苗のカタログが送られてくる。側《そば》でみていると「秀夫にも何か買ってやるか」と言う。嬉《うれ》しくなったが野菜や樹木のカタログである。きれいな花の絵にこれ買ってと一年菊（アスター）、松葉ボタン、百日草を注文してもらう。ほどなく種が届く。嬉しくて嬉しくて父が眩《まぶ》しい。大事に床の間の棚にしまう。

春の雪解けを待って、庭の坪床（二坪ほどの花壇）に見よう見まねで種を蒔《ま》く（肥料もやらずに）。父は一切何も言わない。それでもなんとか芽を出す。痩《や》せた畑で草たけも伸びなかったが夏場には小さいが花をつけた。父は「秀夫、花咲いたな」と笑顔で声をかけてくれた。きっと畑耕しも肥料も一緒にやりたかったであろう父。花が咲くか一番心配だったのが父であったかといま気付く。

三十数年前ようやく小さな家を買った。狭い庭に最初に蒔いたのがアスターであった。日当たりも良く色とりどりの花がいっぱい咲いた。娘も喜んで学校にも持って行った。

おとうさんありがとう。

満月に屈《かが》めば己が影の中

鶴橋　康夫（テレビ演出家・映画監督）

そちらは、いかがですか。

死後にも年季があるとすれば、父さんは十七、母さんは七歳です。

父さん、あなたのお嫁さんは、そちらではまだ幼子です。大事にしてやって下さい。

母さん、五月です。端午《たんご》の節句です。菖蒲《しょうぶ》の鉢巻きをして、お風呂に入っているのでしょうか。

菖蒲といえば、ディレクターになって何年目だったか、突然仕事に自信がなくなって、坂町（旧荒川町）に帰ったことがあります。

「突風や花吹き上げる花の中」、周りは藤本義一、野坂昭如、五木寛之という天才ばかりです。仕事もきつい。徹夜が続くと眉毛《まゆげ》がセイタカアワダチ草のように伸びたりします。

不意にテレビ局を辞めようと思った日のことです。

顔を見るなり、父さんは「温泉に行こう」といった。母さんは「おやおや、急に帰ってくるなんて」といいながら、何故《なぜ》か、たわしをバッグに詰めたりした。よほど僕の顔が萎《しお》れていたのでしょう。

大風呂の窓に、真っ赤な蔓薔薇《つるばら》と真っ白な花水木《はなみずき》が咲き乱れていました。

父さんは、川泳ぎを真似《まね》て抜き手を切り、母さんは、湯船に浮かぶ菖蒲で鉢巻きをしている。

もっと驚いたのは、「よし、垢《あか》を出してやる」と、父さんが、洗い場の僕の背に立ったことです。どこか真綿の布団に針を隠し持つ感じの父さんとは微妙な距離があったのに、垢擦りをするんです。「よく出るなあ。一皮むけたぞ。母さん、交代!」

満面に笑みの母さんは、何と僕の正面、至近距離に跪《ひざまず》いた。ピカソの「裸婦」さながらのたっぷりさで。石鹸《せっけん》を泡立てた。裂帛《れっぱく》の気迫で、胸を、腹を、下腹部を洗った。「焼け野のキギス夜の鶴」、仕事から逃げ帰った息子に、そうするしか手がなかったのでしょう。

母さんは、俳句まで詠んだ。「息子いる菖蒲で鉢巻風呂にいて」

僕は、その日の夜行で、天才たちの待つ仕事場に戻るしかありませんでした。そして、四十年、今も監督業を続けています。あの日の、父さん、母さんの無言の励ましが心の糧です。僕は、愛されて生きたのです。

一度でいいから、僕も二人の背中を洗ってやりたかった。

「泣きながら背中を洗う夢を見た今年亡父の十七回忌」、です。

こちらは、相変わらず盆と正月が一緒に来たような毎日です。

そちらでは、渡辺淳一さんの新聞小説「愛の流刑地」なんて読めませんよね。その挿絵が凄《すご》い。おっぱいぽろぽろ、裸てんてん。あられもない男と女のまぐわいの絵が続きます。なのに静謐《せいひつ》、なにやら愛嬌《あいきょう》たっぷりです。このお調子者たちは、どこから来てどこへ行くのかと思わせて。

東宝のプロデューサーがその挿絵を持ってきたのは、実加子の二カ月早い出産日でした。すぐに大手術が始まります。解《わか》りますよね、待望の初孫です。裸の映画よりも、僕の仕事は祈ることなのです。

なのに、その挿絵に、ボッティチェリー描くヴィーナス像が、唐突に浮かんだりします。これまた唐突に、今日生まれる孫が、その貝殻の中に、すくっと立っているイメージが湧《わ》いてくるのです。さんさんと降りそそぐ陽光のもと、大きなおっぱいを誇らしげにぶら下げて、ひねもす青い水と戯れる孫の姿が。

「裸を撮るのはお厭《いや》ですか?」「えっ! いや、大好きです。明日返事をします。今夜が山なので」「ヤマ?」「はい」

孫が無事誕生したら、迷わず「愛の流刑地」の映画監督を引き受けようと思いました。もうひとつの祭りごとを、お神輿《みこし》よりもきらびやかに描いてみようと。

その夜、未熟児ながら、わが愛しのヴィーナスは産声を上げました。彼女と共に僕の「愛の流刑地」もスタートしたのです。

父さんたちの曾《ひ》孫は…血は水よりも濃い。我《わ》が儘《まま》なところは父さん似、ヒスを起こすと母さん似になり、元気に育っています。僕は、「手のひらに嬰《あかご》の尻乗せ雛《ひな》の春」、を満喫しています。

父さん、母さん、ありがとう。幸運にも、秋の叙勲で紫綬褒章をいただきました。寝食を忘れてドラマの登場人物たちと暮らしてきたのが認められたのでしょう。お祭りに行く気軽さで宮中に伺ったのですが、天皇陛下にお会いした途端、嵐に洗われた後の清浄な空気を味わったように立ち竦《すく》んでしまいました。

僕は一体どこの誰で、今まで何があったかを瞬時にして悟るほどに。もちろん、父さんと母さんの子供であることも。

ちょうど夕まぐれ、陛下の後ろに、天国への階段といわれる光の筋が射していました。きっと、その階段を伝って二人で覗《のぞ》きに来てくれていたのでしょう。

「邪気祓《はら》い若水汲んで手を合わす」

「ちちははに空席ありや叙勲の日」、でした。

僕も、そちらとこちらの、あわいにいます。もうすぐ、そちらです。待っていてください。

真っ直《す》ぐとは真っ蒼《さお》です。この断定が菖蒲の芽を潔いものにしています。連休に孫が来ます。僕も母さんのように、菖蒲で鉢巻きをして風呂に入れてやろうと思います。
またお便りします。

康夫

お母上様へ

高橋　すみ（鍋茶屋女将）

お母上様、お便りを差し上げるのは、何年ぶりでしょうか。京都から新潟へ嫁いだ私が楽しい事、つらい事、悲しい事と事あるたびに手紙を送り、いつもお菓子など大好物と共に優しい励ましのお便りを頂き、力づけられました。八年前亡くなった後、私からの手紙が小引き出しに束にしてしまってあるのを見て胸がつまりました。

幼いころ、毎月一日に挨拶《あいさつ》に来られた別家《べっけ》さんたちから、大きくなったら何になりたいかと尋ねられ、姉は富美代《とみよ》の八代目と答え、私は「お嫁さん」と言っていました。蕗谷虹児の花嫁さんの絵と、時間がある時に着物に割烹《かっぽう》着をつけ、洋風の料理をつくってくださる母の姿が大好きで、そう答えたのでしょうか。

最近経済的に恵まれてはいるけれど孤独な子供たちが増えていますが、私たち四姉妹は、母が夜遅くまで忙しくても、翌朝はいつもお弁当をつくってもらい、鉛筆をきれいに削って、髪を結わって送り出してもらいました。長時間一緒にはいられないけれど、しっかりと愛されている満足感はありました。

お店のため、私たちのために一生懸命な母を、けっして悲しませてはいけないと思っていました。

そして二十四歳の春、それまでは普通の家庭へ嫁ぎたいと思っていましたが、富美代がその三年前に創立百五十周年の御祝をした折、代々続いている家のありがたさ、幸せを重く感じていたところに、鍋茶屋とのお見合い話がきて、祖母と主人に会いました。おばあちゃまの、美しさ、明るさに驚き、嫁いだ後も大変可愛《かわい》がっていただきましたが、七年間と短い御縁でした。鍋茶屋は料亭の老舗であり、富美代も長く続いている祇園のお茶屋、お互い客商売で、価値観も同じであろうと思い、嫁ぐことになりました。その折、何事も白紙にしてあちらの家風に沿って行動しなさい、明るく、素直でいることが大切と言ってくださいましたね。

鍋茶屋はたくさんの従業員さんがおられ、大変でしょうとよく聞かれますが、幼いころ

1974年、京都の実家で母（左）と筆者

から、お店の人たちは大事な協力者、いなければ商いが成り立たないと教えられてきたので、私にとっては、大きな心の支え、なくてはならない人たちです。子供のころからの経験が役立ったのでしょうか。お店あってこそ、このようにおいしい物も頂き、生活できるのだから、何をしても自由だけれど、決してお店を傷つけるようなことだけはしないようにと、いつも言われていました。何か物事に突き当たった時、母はどう対処したかと思い出し、何げなく言われていたことが、大変役に立ちました。

母は六十五歳で姉に家業を譲り、大好きな茶道、習字、編み物のお稽古《けいこ》を生き生きと楽しんでおられましたが、七十五歳の時脳梗塞《こうそく》で倒れ、喜寿の祝いは元気になられましたが、十年後、三度目の発作で言葉が不自由になり療養を続け、最後のお正月に、枕元の私たちに「おおきに」と、一人一人の目を見て声をかけてくださいました。別れの時を覚悟をするようにと教えられたように思います。それから一カ月後に亡くなり、私には最後の、大切な言葉となりました。

葬儀を終え、新潟へ戻る飛行機の窓から、遠くにすくっと立つ富士山の姿を見て、戦中戦後、大変な年を女手一つで商いを続け、子供を育て、ぐち一つ言わず、さわやかに、毅《き》然《ぜん》と生きてこられた母の姿と重なり、涙が止まりませんでした。後でその話を姉妹でして、富士山を見て母を思える娘であって幸せだと語り合いました。

人に迷惑をかけないように、正直に、誇りを持って生きるように、二度の失敗はしないようにと育てられ、不肖の娘ですが、貴女《あなた》の娘であることを誇りに思い、感謝しています。久しぶりの手紙に、娘時代に返ったようですが、私も、嫁いだ時の母の年を遥《はる》かに越えました。

最後に、心をこめて、ありがとうございました。

背中の教えは「本を読め」

佐藤　重喜
〔文化放送取締役会長
東京新潟県人会理事
東京関原会会長〕

父上、母上、安らかにお休みのことと思います。今回このような形で生前の父母とのかかわりを振りかえるという機会を得ましたので、できるだけ正確に客観的に書きたいと思っていますが、誤解や思いこみが激しくなって主観的に過ぎる表現に流されるかもしれませんが、その時は許してください。

私の両親は共に明治四十三年生まれ。明治、大正、昭和、平成と、まさに激動の時代を生きて、数年前に共に九十歳を越して天寿を全うしました。父も母も長岡市郊外の関原に生まれ育ち、父は当時地元では毛筆や文具を作る有力な地元産業であった松山堂で職に就き、生涯一サラリーマンとして過ごしました。周囲の人の話によれば、高級毛筆の製作については相当の力量を有していた、ということですが、家族にそのような自慢話をする姿は一度も見たことはありません。

そのわが家に一つだけ不自然なまでにスペースを占めるものがありました。それは本棚と大量の本、そしてその中心を占めているのは数十巻の「世界文学全集」でした。

「父の背中を見て育つ」という言葉がありますが、私の場合もまさにそれで、しかもそれは本と一体の背中でした。父は常に「本はあらゆるものを教えてくれる。世界にはいろいろな人、いろいろな考えがあることも」と言っていました。新聞、本以外にはNHKラジオしかない時代で、私はこの旧カナづかいの、子供には難しい内容の多い全集を端からそれこそ夢中になって読んだものでした。

父は「田舎の文学青年」で、終戦間もなく同好の士を募って「短歌会」を立ち上げ、長らくその世話役をやっていました。私も家で開かれる例会をのぞき見したりして、次第に「文学少年」に成長していきました。中学二年の時に「生徒会歌」の募集があり、これに応募して当選。今でも関原中学の体育館に額入りで掲げられています。また、新潟日報の子供向け新聞の投稿欄の常連でした。父が亡くなって間もなくの年の正月、私ははからずも宮中歌会始の陪席者として招かれるという栄誉に浴しました。「父が生きていたらどんなに喜んだことだろう」。当日、胸ポケットに忍ばせた亡父の写真にそっと手を当てると、思わず熱いものがこみ上げてきました。ささやかな私の親孝行でした。

文学少年を気取る私は、外から見ると随分コナマイキに見えたかもしれません。しかしそのおかげ(?)で、町で開業していたK医師や、郵便局幹部のE氏などの誘いで大人の「読書会」にも参加することができました。同年代の仲間とつき合うだけでなく、年上の集団に参加して、やや背伸びした会話を聞くことに快感を覚える年ごろだったのでしょう。

父の「本を読め」という「背中の教え」はその後の私の学生時代の過ごし方にも大きな影響を及ぼしました。余談ですが、その後自分の子供にも「本を読め」「本を読め」と連呼し、自ら読み聞かせを実践してきました。その二人の子供は今は、いずれも新聞記者になっています。父の背中の教えは、今ではDNAとなって二人の孫に伝わっているという次第です。

父が短歌会を立ち上げたころは、日本中がまだ戦後の食糧不足に悩んでいた時で、興味のない人から見れば「短歌会？　何をノンキなことを」と思われたことでしょう。そうした中で、母は自家用の畑でさまざまな野菜を作って食卓に供していました。その姿を見て、ハス向かいの専売公社（地元で最大の工場）社宅の工場長夫人が「野菜づくりのイロハを教えてください」と母に弟子入り。何しろ東京以外で暮らしたことがない夫人だったので、農家育ちでない母も先生役が務まり、それをキッカケに小生が夫人に英語を習い、お礼（？）に年下の男の子の家庭教師を買って出る、というおつき合いが始まりました。ちなみに工場長と長女は早稲田、夫人は日本女子大という家庭でしたが、情報の乏しい田舎の少年にとっては、その影響力は大きく、そのせいか現在のわが家の学歴分布（？）は、早稲田一、日本女子大三となっています。

東京へ出たい、と言った時、父母は「自分で決めた通りにしなさい。そのかわり、自分で決めたことは自分で責任をとりなさい。うまくいかないからといって、他人のせいにしてはいけない」といつになく厳しい表情で言いました。本当は、長男の私には県内に職を得て近くに住んでほしかったのだろうと思います。

その不肖・私のできなかった親孝行を妹夫婦が果たしてくれました。

妹夫婦には感謝あるのみです。

父親の思いやり

古川　長四郎
〔古川海運㈱社長
元佐渡汽船㈱社長〕

私の家は、江戸時代から直江津で回船問屋を営んでいた関係もあり、祖父が佐渡汽船の二代目社長として十三年、父が十七年、私が社長・会長などを合わせて約四十年勤めさせていただくなど、越後と佐渡間の航路事業には深いかかわりを持っていました。

私の父は、佐渡汽船の社長以外にも、自家が佐渡汽船の代理店業、トラック運送業、冬季対策として味噌《みそ》の製造販売もしていました。さらに地元の直江津町長をはじめ、戦時中は時節柄、中頚城義勇隊長などの公職や奉仕活動も数多くしていました。このような事情もあり、外での仕事が超多忙で家庭をかえりみる暇もないというのが正直なところであったと思います。

殊に他人様からの依頼事は、忠実に全うするすこぶるまじめ人間でした。佐渡汽船の社長業や数々の公職にも全力を尽くして、その職責を果たさんとしていたように思います。

このような背景もあってか、私の父は家の外ではにこやかで愛想も良いのに、家庭では謹厳実直で無愛想そのものの人でした。佐渡汽船社長を十七年間も続けて家にはほとんど戻らないので、父と親しく話をした記憶があまりありません。ただ子供の時にしかられて怖い存在であるという記憶だけが残っています。

私が高田中学五年生の時、父が今まで出席したこともない保護者会に初めて出席したところ、主任の先生から「私が学校の指示・命令に反する非愛国民だとしかられている」と告げられて来ました。父は私を呼んで母と一緒に涙を流しながら注意をしてくれました。父の涙を見たのは兄弟七人中私一人だと思います。いずれにせよ親を悲しませたことは私にとっても、大きなショックでした。自分が今、親になって自分の行動が間違っていたとは思いませんが、父を悩ませたのは事実であります。

「親の心、子知らず」という言葉がありますが、まさにその通りのことをしていたわけで、今更ながら子を思う親の真心のありがたさを感じております。

昭和十九年一月ごろ上級学校への入学のことを父から聞かれ、「志望校を落ちたら、船舶少年兵を受けて兵隊に行く」と言ったところ、「少年兵では下士官にしかなれない。専門学校を卒業してから軍隊に行けば士官になれるから、その方が良いではないか」ということで長岡高等工業に進学しました。そのことを後日母親から「政弘（本名。長四郎は古川家代々の名前の襲名）は、どうして死ぬことばかり考えているのか」と言って悲しそうであったと聞かされました。

そして、昭和二十四年九月三十日に父は脳出血のため突然亡くなってしまいました。長男が医者、次男がブラザーミシンに就職していたので、三男ながら私が当然のごとく勤務中の会社を辞めて、家業を継ぐこととなりました。

以後、私も古川海運の当主ながら、佐渡汽船の社長・会長となり、約四十年にわたり、直江津の自宅から月曜日の早朝出掛け、土曜日の夜帰る新潟での単身赴任の生活を送ることとなりました。その間、父親同様に仕事に全力投球するあまり、家内や子供との家庭生活を犠牲にしていたようで、家族には大変申し訳ない気持ちです。

しかし、地元の方や関係者、家族の理解に支えられ、男として仕事に全力を尽くすことができました。おかげさまでお客様の喜ぶ大きく・速く・新しい船、しかも便数多く・船酔いしにくい快速・快適な船旅の提供などによる航路充実を実現したと評価してくれる方もいます。これらの仕事を通して佐渡の発展に微力ながら貢献できたのではないかという若干の誇り・自負心もありますが、この歳になって父親の心境がわかるような気がしています。

薬師寺の高田好胤師の「父母恩重経」に感動し、佐渡汽船グループの社員研修に取り入れ輪読会を行ってまいりました。

あはれはらから心せよ　山より高き父の恩
海より深き母の恩　知るこそ道のはじめなれ
（感恩の歌）

老いて後思い知るこそかなしけれ　この世にあらぬ親の恵みに
（報恩の歌）

――などの一節に特に思いを深くし、少しでも両親への感謝・報恩の気持ちを持ってもらいたいと願ったからであります。

古《いにしえ》よりのこれらの言葉が、親子の情の神髄であると、この歳になると殊のほか身にしみて感ずる今日このごろであります。

「お前は作家になれ」と父は言った

工藤　美代子（作家）

私の父、池田恒雄は新潟県の小出という町の出身だ。明治四十四年の生まれで、小千谷高校を卒業した後に上京し早稲田大学に学んだ。そのころから野球が好きで「野球界」という雑誌の編集に携わっていた。

戦後になってベースボール・マガジン社というスポーツ専門の出版社を起こした。

私が生まれたのは昭和二十五年なので、ちょうど父が会社を始めて悪戦苦闘している時期と重なる。したがって幼いころの父の記憶はほとんどない。もともとあまり家庭的な人ではなく、根っからの仕事人間だったので、子供と遊ぶといった発想がなかったのだろう。だから、ほとんど家にいなかったのだ。帰宅は深夜だから、もう子供たちは寝ていた。

私はいたって不器量で頭の悪い子供だったので、父にしてみれば、「これは本当に俺《おれ》の子か？」といった意識があったようだ。

私の上の兄も姉も優等生で、スポーツは万能、学校の成績も良かったので、なおさら、私が不出来なのが目立ったようだ。

両親が離婚したのは、私が小学校へ上がる年だった。新宿から原宿へと引っ越した。もともと、あまり接触のない父だったので、特に寂しいとは思わなかったが、母が苛立《いらだ》っているのは子供心にもはっきりとわかった。

離婚してからのほうが、むしろ父は夏休みなどに子供たちを旅行に連れて行ってくれるようになった。

初めて新潟の父の故郷に行ったのは小学校二年生のときだったと記憶している。とにかく当時は新幹線などなかったのだから、小出までがとてつもなく遠く感じられた。実際、六時間くらいは汽車に揺られていたのではないだろうか。あるいはもっとかもしれない。

車中で並んで座っていた父は、ふと私の手を見て、「なんだ、お前の指は俺にそっくりだなあ。へえ」とさも珍しいものでも見るかのようにじっと眺めた。たしかに私の不恰好《ぶかっこう》に丸くて短い指は、父のそれとまったく同じだった。

平成2年ごろ、左から父、筆者、寛仁親王殿下

「ふーん、やっぱりお前と俺は親子なんだなあ」としみじみとした声でいった。

当たり前のことをいわないでよと私は内心思ったが、口には出さなかった。

父にとって、私は珍しい生き物のように思えていたようだ。どうにも可愛《かわい》げがないが、外観は自分に瓜《うり》二つである。仕方がないので娘として受け入れるかといったところだったのだろう。

当然ながら、世間の親子とはずいぶん違った。私は父に甘えることもなかったし、話すときは、いたって他人行儀に敬語を使った。

そんな父がある夏休みに軽井沢へ連れて行ってくれた。父は昼間はゴルフに出掛けてしまう。私はホテルの広い庭で遊んでいたが、やがて飽きてしまって、部屋に戻り、宿題の日記を書いていた。

それは軽井沢の自然や景色を記したものだった。いつの間にか、ゴルフ場から帰って来た父が私の後ろから日記を覗《のぞ》き込んでいた。

「お前は文章が上手《うま》いなあ。いやあたいしたものだ。わが母校の小千谷高校にも優秀な奴《やつ》はたくさんおるが、これだけの文章を書ける生徒はおらんぞ」と真顔でいった。

私は「嘘《うそ》にきまっている」と思ったが、いつものように口には出さなかった。高校生より自分のほうが作文が上手だなんて、とても信じられなかった。第一、学校でだって、そんなに作文を褒められたことはない。

それなのに、父はやたらと興奮していた。

「あのなあ、ミヨコ、お前は将来は作家になれ。お前だったら作家になれる。芥川賞を取れ。もしも大学生の間に芥川賞を取ったら、俺が百万やるぞ」と、とんでもないことを口走った。

今から思えば、ちょうどその当時、石原慎太郎が一橋大学に在学中に『太陽の季節』で芥川賞を受賞して話題となったころだった。父の頭には文壇に鮮烈なデビューを飾った石原慎太郎の姿があったのだろう。

私はただ、父を喜ばせたくて「うん、きっと作家になるよ」と答えた。

それから長い年月が流れ、二〇〇二年に父は亡くなった。私は小説家にはならなかったが、結局、物書きの端くれとして生きている。それは、あの日、父がいった「お前は作家になれ」という一言のおかげだと今でも思っている。

父は財産などは何一つ残してはくれなかったが、娘が物書きとして生きていく覚悟だけは与えてくれた。それはいくら感謝してもしきれないほどありがたいことだといえるだろう。

恩返しをしたいから

皆川　賢太郎
（アルペンスキー選手（チームアルビレックス新潟）、トリノ五輪アルペンスキー男子回転4位）

お父さん、お母さん、俺《おれ》は今年で三十一歳になりました。プロスキー選手になって十六年目。俺もビックリだけど、もっともっと二人の方がビックリだよね。

スキーを始めたのが三歳、正直、自分でもきっかけが何だったのかさえ覚えてないよ。スキー好きが高じて湯沢町でペンションを経営するようになったお父さんだけど、「スキー選手になれ！」って言われたことはなかったんじゃないかな。

でも、気が付いたらいつもスキーを履いていたし、スキーができる環境を与えてもらってた。今、毎年のように海外に出て、プロスキー選手で生活ができるようになったのもお父さんとお母さんのおかげなんだと思ってる。

俺はあきらめずに世界一を目指してこれからも頑張るよ。

俺ね、もう二回も大怪我《けが》をしたでしょ。前十字靭帯《じんたい》断裂ってスキー選手にとって致命的な怪我だよね。毎日が膝《ひざ》の痛みとの闘いだし、プロスキー選手として結果を出さなくちゃいけない戦いを今でも選んでる。

ただただスキーがしたいって気持ちだけでは自分に打ち勝つことができなかったんだよ…本当はね。家族へまだ恩返しができてない。そういう気持ちが俺を強くしたんだ。

俺が大学生の時、お父さんが脳の病気で倒れたことがあったよね。

あの時は春で雪が残っている時期、お母さんは病院とペンションを行ったり来たりですごく大変そうだった。俺はお父さんが入院していることは分かってはいたけど、自分のことばかりで病院にも行けなかった。

そんな時、お母さんから「もう記憶が戻らないかもしれないからこっちに来て…」と鼻づまりの声で電話があったよね。

俺は急いで新幹線で新潟に向かい、病院に着いた時には、お母さんは仕事に戻っていなかった。

看護師さんに案内された集中治療室に入るためにマスクや帽子をかぶり、何回も体を消毒して、何層もあるビニールの幕を潜って入った。

ベッドの上には俺の知っているお父さんの姿はなかった。手術のために髪の毛は坊主で体は痩《や》せ細り、術後だったこともあり頭からはチューブが出ていた。

俺には寝ているようにしか見えないが、看護師さんは起きてる状態だと言った。

どんなに話しかけても一方通行のお父さんの横で椅子《いす》に座りながら手だけを握ってた。

三十分くらいが過ぎたころ、看護師さんが「そろそろ…」って言いに来た。

普段生活をしている中で三十分って長くない。でも、この時の時間はすごく遅く流れていて、自分の事や家族の事をずっと考えてた。

最後に「俺、頑張るから！　お父さんも頑張ってくれ！」って言って立ち上がろうとした時、昏睡《こんすい》状態のお父さんが俺の握ってる手を握り返してくれた。

その瞬間に抑えていた涙が溢《あふ》れ出て、自分の不甲斐《ふがい》なさを心の底から悔やんだ。

あの時、お母さんが一番辛《つら》くて不安だったはず。なのにお母さんは「賢太郎は一生懸命スキーをすればいい」って目を真っ赤にして言ってくれた。

あの時から俺は家族のためにプロでい続けようと誓ったんだよ。

それから何年も経ち、二〇〇六年、トリノオリンピックで四位入賞できた。

でも、あれだけ自分のやりたい事を続けさせてくれたお父さん、お母さんに、どうしてもオリンピックのメダルを見せたいんだ。

だからどんなに試練を与えられても俺はあきらめないよ！


最後に、お父さん、お母さん、覚えてるかな？　俺が小学校の時に新聞に載ったこと。あれは確か小学五年生くらいで、題材が「将来の夢」って感じだった。そこには短いんだけどはっきりと夢を書いてる自分がいたね。

「僕は大きくなったらオリンピック選手になりたいです。雨や雪の日もいっぱい滑って強くなりたいです」

あのころと同じ気持ちで今もスキーをしてるよ！

人として、選手として飛び方を教えてくれてありがとう。

心の支え

奥村　愛（ヴァイオリニスト）

私は今から二十八年ほど前、オランダのアムステルダムで生まれました。父はヴァイオリン、母はピアノ奏者というういわゆる音楽一家です。ただ、よく想像されるような〝モーツァルトを聴きながら優雅にお紅茶〟なんてことは一度もなく、ごくごく普通の家庭でした。

ヴァイオリンは四歳のころに始めました。毎日練習することが日課になっていたようですが、私の記憶にあるのは、夏は路地で自転車に乗ったり、テント張ったり、水遊びしたり。冬は近くの運河が凍るので朝から晩までスケートしたり、と遊んだことしか覚えていません。

競争を知らず、個人差をまったく気にしないのんびりとしたところで、今の私のこのマイペースな性格はきっとその時に出来上がったものだろうと思っています。

小学校二年生の時に新潟に移り住み、五年生のころからは本格的にヴァイオリンの世界に足を踏み入れました。毎日四時間前後の練習は子供にとって楽なものではありません。弾けないところを百回繰り返す。間違えたらもう一度最初からカウント。なんともつらい練習を続けられたのは雑誌「りぼん」を買ってもらうため（笑）。動機は不純ですが子供にとっては些細《ささい》な事が励みになるんです。苦しい事を乗り越えたら必ず良い事があるから根性で頑張ろうと思うようになったのはこのころからだと思います。

中学を卒業して音大の付属高校へ通うため親元を離れ、東京に出てきました。寂しさや不安も多少はありましたが、同じ目標を持った仲間と一緒に勉強できるうれしさのほうが勝っていました。

今まで親に半ば監視されているような状態の中で練習していたので、目が届かないところに行ったとたん、文字通り籠《かご》から出た鳥のようでした。カラオケに行ったり、友達とお茶したり…。練習なんて全く二の次でした。

風の便りでその状態を知った親からは、頻繁にお説教手紙を受け取りました。それでも私は改心することはありませんでした。しかし、そのつけは一瞬にして自分に戻ってきてしまいました。受けたコンクールで大きな失敗をしてしまったのです。その時に初めて親の言っていた意味や気持ちを考えました。今まで読み流していたお説教手紙を何度も読み直しました。残念ながら、親の気持ちが理解できたというところまではいきませんでしたが、少なくとも今の自分があるのは自分だけの力じゃないんだと。

ヴァイオリンやピアノを勉強している人たちは、普通の親子関係よりかなり密度が濃いと思います。小さいころから練習には親が付きっきりということも珍しくはありません。金銭的な負担は大きいのに、食べていける保障は全くない。親の気持ち子知らず…。

高校三年生のときに「日本音楽コンクール」という日本で一番大きいコンクールを受けました。このときは誰も私が本選までいくと思っていなかったので、精神的には大きな負担もなく、思いがけず「入選」という賞をいただくことができました。ところが、次の年は前年が「入選」だったので、気持ちとしてはやはり入選の上をいかなければいけないというプレッシャーがのしかかってきました。一次予選で落ちるかもしれない。二次も三次もある。無事本選までいけるのか？　多少なりとも周りの期待もある。ふ〜っと吹いたら崩れそうなほど精神的には不安定だったと思います。それを知ってか知らずか母からはよく励ましの手紙が届きました。励ましといってもその日の出来事や、こんな夢を見たとか他愛のないことでした。でも、それが逆に私にとってすごく救いとなり、大きな心の支えとなりました。読むたびに涙が止まらなく、親元離れて四年目にして始めてホームシックになりました。結局結果はまたもや「入選」でしたが、親には感謝の気持ちでいっぱいでした。さらに翌年。三度目の正直でもう一度同じコンクールを受けました。今度入賞しなかったらもう終わりにしようという覚悟を持っていましたが、二位という素敵な賞をいただくことができました。結果を知ってすぐに自宅にいる父に電話したら、いつもはコンクールなどの争いごとにいい顔しない父も「よくがんばったね。とりあえずゆっくり休みなさい」と、言ってくれました。そのときの優しくあたたかい声は一生忘れることはないと思います。同じ職業の先輩としてこの世界のいい事も悪い事もたくさん知っている父は、私のヴァイオリンに関して決して協力的なほうではなかったと思います。でも初めて、父に少しだけ認められたような気がして本当にうれしかった。

そして、実際に会場で心臓が飛び出るほどの思いをして聴いていた母は涙を流して喜んでくれました。

プロとして活動するようになった今でも、一番心の支えになっているのは家族です。いまだにけんかをすることもたくさんあります。何をすれば一番の親孝行になるか、その答えは今のところ私にはわかりません。でも、両親には幸せでいてもらいたいと思っています。今はこっぱずかしくて言えないけれど、いつかきちんと面と向かって「ありがとう」と言いたいです。

父が泣いた日

市川　昭二
〔東京松代会顧問
東京新潟県人会理事〕

祖父は寺子屋の師匠をしていた。納戸には芝居に出てくる「菅公手習いの場」のような座机がたくさんあったし、座敷には絵や書を掛ける留め金が鴨居《かもい》にいくつも掛かっていて、そこが教場だったことがうかがえた。祖父は私が生まれると間もなく他界した。大正十三年教え子有志により立派な筆塚が建立された。

祖母は目に一丁字《いっていじ》もない人だったが祖父の講義を間近に聞いていたせいか、論語や四書五経を諳《そら》んじていてよく私たちに語ってくれた。

祖母は小さい時、村を駆け抜ける薩長方《がた》官軍を息を殺して山陰から見ていたという。官軍は千手町の上野（現在、十日町市上野）に集まりそこから一挙に長岡城を攻め、河井継之助らは戦いに敗れた。祖母は官軍をにくんでいた。「あの山陰で見ていたんだよ」。祖母のそうした話はどんな明治維新史よりも鮮やかで記憶に残っている。

父はこうした両親の下、姉とともに育てられて当然のように教師の道へと進み、明治の終わりに高田師範学校に進学した。わが家は神道で祖母は雪の降る真冬でも村の若い衆に渋海川原まで道をつけさせ氷を割らせ、川に入って禊《みそぎ》を行った。真摯《しんし》な信者であった。

父の姉は同じ村の御嶽神社の宮司に嫁いだ。村を一望できる小高い丘に家があったが水の便が悪く、お風呂を沸かすために、川から水を汲《く》み上げその樽《たる》を背負って何度も上り下りをしなければならず、相当つらい家事労働だった。

父はこの姉に祖母の面倒をすべて任せて、信濃川と山一つ越えた十日町で四十歳から五十歳まで小学校長を勤めた。在任中は毎朝湯殿でバケツに二、三杯頭から水をかぶり禊を行った。そして神棚に祝詞《のりと》を奏上した。それを待って私たちの朝食だった。「おばあさまが、渋海川で毎朝禊をしている間は、続けなければ子としての道が立たない」と言っていた。

昭和12年９月、姉（左から５人目）の嫁ぐ日に。右から父、筆者、母

父の姉が腸捻転《ねんてん》で苦しみ十日町の至誠堂病院に担ぎ込まれたが既に手遅れで間もなく亡くなった。息絶えるまで祝詞を口にしていたという。その夜遺体は十日町のわが家に安置された。父は礼装をして下賜《かし》されたばかりの勲七等瑞宝章を佩用《はいよう》し玄関まで出迎え、深々と頭を下げた。父は姉に語りかけていた。

「生きてる間に、天皇陛下から頂いたこの勲章を姉さまに見てもらいたかった…。姉さまに母の面倒をみんな押しつけてしまって…」

人一倍家族思いの父の目からあふれる涙は灯で光っていた。私は、その時父の泣くのを初めて見た。

父は教育者として、何よりも子供を愛し子供の目線でいつも話をしていた。

「十日町町長になってくれ」という町民の願いをありがたく受け止めていたが、その任に非《あら》ずと戦後いち早く十日町を離れ郷里の松代に帰った。

松代の村民は父の帰村を喜び、村議会は直ちに父を村長に推した。長い間古里を空けていたという負い目もあったのだろう、十日町町長の話とは打って変わって、父はこの推薦をありがたく素直に受け止めた。

子供ながらに父のその生き方に尊敬の念を抱いた。清貧に甘んじながら時折冗談を言っては家人や周りの者を笑わせる父に温かい人間味を感じた。私も子供や孫に父のような生き方を伝えることができたらと常々願いながら父を偲《しの》んでいる。

母への感謝

庄山　悦彦
（日立製作所取締役会長）

「幼稚園のときお母さんの庄山先生にお世話になりました」と、同窓会の折などに先輩の方や、私より若い方々からお礼を言われ嬉《うれ》しい思いをすることがたびたびあります。母は幼稚園の先生として四十年余勤務させていただき大勢の教え子に恵まれました。生前はこのような話をすると、その方の園児のころのことをよく思い出し懐かしがっておりました。

私は昭和十一年新潟県高田市（現在の上越市）で生まれ、高校卒業まで高田で過ごしました。父親も小学校の先生でしたが、私の幼いころに若くして亡くなり、母は中学一年生の長男を頭に一歳までの五人の子供と年老いた義父母を残され女手一つでその後の生活を支えることになりました。末っ子の私は、決して豊かな暮らしとはいえない中で、兄や姉に鍛えられながらも家族の愛情に包まれ育てられたように思います。子を持って知る親の恩とよくいいますが、私どもが子供に振り回されているとき、母に「お母さんの子供はいい子ばかりで良かったですね」とこぼすと「おかげさまで良い子供たちに恵まれ、ハラハラの連続で年中気を張っていたので長生きさせてもらったよ」と大笑いしたものです。母は常に細心の指揮者である一方、おおらかな明るい性格でした。「片親の子だからと後ろ指を指されないように、そのためにつらい思いをしないように」というのが母のしつけの根本にあったようで、父の分まで、私どもを厳しくかつ温かく育ててくれました。

高校生のとき私は伝書鳩《ばと》の飼育を友達から誘われ、この可愛《かわい》らしさに魅入られ、母と相談しましたが、反対にあいました。一計を案じて鳩を育てていると決して不良になることなんかないよと許してもらいました。何しろ伝書鳩の飼育は朝夕規則正しく餌を与え、朝夕正しく運動をさせることが必要で、学校の帰りにおかしなことをやっている暇もなく、これはきちんと約束が守れたと思っています。兄たちが東京に帰る際、遠くから飛ばしてもらい訓練したものでした。伝書鳩は昔から有力な通信手段でした、まさに現代のＩＴ（情報・通信）の先駆であり、私が今その事業に関係していることを思うと不思議な気が

1965年ごろ、日立市の公園で母と筆者

します。大学合格の日、以前飼っていた鳩が飛んできて屋根にとまっていたと母が大喜びしていたことを聞き少しは親孝行ができたのかなーと勝手に思ったものでした。

よく尊敬している人は誰かと聞かれますが、私はいつも母親と答えています。子供たちが皆結婚し、定年を迎えた母は園長を最後に幼稚園を退職しました。その後、兄弟夫婦十人が集まって母と旅行をしたり、食事をしたりすることも多くなりました。兄弟仲良くしていることが母の一番の望みでしたので、母が亡くなった今もこの集まりは続き定例となっております。その兄弟会の都度、話題の多くは母のことで、嫁たちがにぎやかに母の思い出を話しています。

最近特に、女性の職場進出が望まれており、会社としても真剣に取り組んでおりますが、私自身も、子供を育てながらでも働きやすい職場づくりを実践していくことが不可欠と考えています。私の場合特に、働く女性としての母親を見て育った影響が強いのかもしれません。

また、私の人間性形成に役立ったのに故郷の自然があります。高校までにお世話になった先生方の教えと、高田の自然が、私に大きな影響を与えてくれたと感謝しています。極寒の高田の冬もその後には必ず暖かい桜と緑の美しい春が来るという季節の移り変わりを通じ、人は耐え希望を持って春を待てば必ず道は開かれるという忍耐力を教えてくれました。豪雪地帯として名高かった高田の雪は、私に、厳しい自然に立ち向かっていくためには、仲間と相互に助け合う協調性と前向きに生きる姿勢が大事であることを教えてくれました。それがチームワークの良さと結束力の強さという新潟県人の県民性になっており、他に誇れるすばらしいものと思っています。また、妙高山も私にとって大切な師のような気がします。今、わが家には、妙高山を描いた絵が数点飾ってあります。常に前向きな高い志を持つよう、私を鼓舞してくれているように思って見ています。

この変化の激しい時代、決して変わってはならぬもののあることを、今また一層感じております。親の恩、多くの人々からの恩、心がけとか高い志は、百年、二百年たっても変わらないものだと思っています。

今晩も故郷の銘酒雪中梅を奉げて感謝の報告をすることにします。お母さんありがとう。父親の分まで長生きします。

母の日に寄せて

河田　珪子
〔支え合いの仕組みづくりアドバイザー、うちの実家代表〕

いつかおばあちゃんがいなくなったら、私はそれを乗り越えられるだろうか…。別れの怖さにおびえてそう言うと、「いっつもお前のそばにいるから…」と笑っていましたね。

祖父母は、弟と私の二人をわが子として育ててくれました。小学生のころ、当時すでに五十代だったおばあちゃんに抱かれて寝ながら、「いつまで生きていてくれるのだろう…」と、声を殺して泣いていたことが昨日のことのように思い出されます。

昭和十九年、母は子供を残して、家を出ていきました。生後八カ月だった私を育て始めてまもなく、祖母は母乳が出たといいます。「お前があんまり吸うもんだから…。本当にありがたかった。自分にあたわった子だと思った」。嬉《うれ》しかった、嬉しかったと繰り返し聞かせてくれた言葉は、その後に生きている値打ちがない、と自分を見失いかけたときや、自信をなくしかけたりしたとき聞こえてきて、いつもいつも支えになりました。

私は小さいころから腎臓病を患っていました。医者通いをし学校も送り迎え、遠足も保護者同伴でないと連れていってはもらえない。叱《しか》られれば「本当の親じゃないから…」と心を閉ざし、感受性が強く毎晩お漏らしをする。それでも周囲から「かわいそうな子供」と見られたくなくて、いつも明るさの仮面を被《かぶ》っていました。子供心にもおばあちゃんを悲しませるのが怖かったのです。

そんな私も今年六十四歳になりました。誠実で優しい夫と、犬のコロと、平凡で穏やかな日々を過ごしています。三人の子供たちもそれぞれ家庭を持って遠方に暮らし、今は三人になった孫に、おばあちゃんと一緒だった日々を重ねて想《おも》っています。

腹部に大きな手術の傷、お腹も、腰部も放射線治療の痕《あと》でこげ茶色、おしっこがしたいと感じない体。長い入院生活を終えて、抗がん剤を服用しながら一人だけで大阪からふるさと新潟に戻ってきたのは、平成元年の春のことでした。東京に単身赴任していた夫に高校に入ったばかりの次男を託し、長女と長男は大阪に残して二十三年ぶりに帰ってきました。長岡に住んでいた夫の親たちに介護が必要になり、家政婦さんへの高額な支払いが続けられない状況でした。悩んだ末、どうせ死ぬのなら、命の続く限り悔いのない人生を送りたい。そんな気持ちが強くなりました。

私が祖母の強い願いで、母の従兄弟《いとこ》と結婚したのは十九歳のときでした。「これからは、向こうのお父様、お母様に可愛《かわい》がってもらってのう。本当の母親のそばにも行くんだから、こっちのことはもう忘れて…」。長男の嫁となる日に聞いた祖母の言葉が聴こえていました。大病をして死を身近に感じ、残していく子供のことを想い、身の回りの整理をしながら、祖父母の愛、本当の「愛」という言葉の意味を知りました。

どれほど生きられるかわからない私は、介護に疲れて鬼嫁になって悔いを残すわけにはいきません。大阪で特別養護老人ホームに勤めているころ、頑張りすぎた家族の悲劇をたくさん目にしてきました。介護する側、される側ともにかけがえのない人生、命。どちらも生を大切にできる、支え合いの仕組みをつくりたい。そして、わが家も助けてほしい。切実でした。

この想いが、新潟日報の連載記事「女・40代」に紹介されました。大きな反響があり、共感の輪が広がりました。そしてついに平成二年、新潟県で初めての住民参加型在宅福祉サービスまごころヘルプが誕生しました。もちろん第一号の利用者はわが家です。九人の会員さんの手助けで、鬼嫁にならずに親たちを見送ることができました。ありがたかったです。

毎日型の配食サービス（まごころ夕食）。子供からお年寄りまで誰もが参加できる「地域の茶の間」。泊まることもできる、空き家を活用した「うちの実家」。その後、大勢の人たちと一緒に、支え合いの仕組みをつくり続けてきました。地域の茶の間は新潟発の市民主体の福祉として全国に広がっています。一度でいいから、おばあちゃんに見てもらいたかった。大家族だったおばあちゃんの家はいつもいろんな人が出入りして、時にはお客さまが泊まったり、ごぜ様が泊まる家でもありました。あったかかったおばあちゃんの家に、「うちの実家」は似ているかもしれません。

おばあちゃん！　私は困ったり、迷ったりした時は、今もおばあちゃんに問いかけています。大阪から新潟に越してきたばかりの時、家の塀の上に、目が見えない子猫が捨てられていました。血尿と、血便、その上てんかん発作がありお医者様も原因が分からないと言いました。おばあちゃんは話を聞くなり、「それは招き猫だのう。大事にさしぇや！」と言いましたね。そして「抱いて寝たらいい」と。言われた通りにしたらいつの間にか血尿も、血便も治っていました。安心と安らぎが薬だということを教えられました。そうやって私も育てられたんですね。

先日、母が亡くなり、私は母の従兄弟の妻の立場で見送ることができました。おばあちゃんの深い愛のおかげでした。

お天道様が見てござっしゃる

清水　重蔵
〔水の駅「ビュー福島潟」館長
日本写真家協会会員〕

「月見草の花は開くとき音がするぞ」。縁側から首を伸ばして庭を覗《のぞ》く私の隣に父がいた。「パラリ」。確かに花弁の開く音を聴いた。川の水面に浮かび上がった雷魚目がけて、父が大きなヤスを付けた竹竿《ざお》を投げる。百発百中、「バシャ」である。いつになく饒舌《じょうぜつ》な父が捕る雷魚の刺身は美味《うま》かった。近隣の村からは手を外した子供たちがやってきた。「ゴキッ」。骨がはまる音である。接骨医ではないが、我《わ》が家に代々伝わってきた技の音でもあり、父が偉く見えた瞬間でもあった。

父は、みんなが働いている時も煙草《たばこ》を燻《くゆ》らしているだけ。おもむろに立ち上がるのは、田植えの準備が出来上がって田んぼに枠を転がすときだけ。稲刈りもせずハサ掛けの梯子《はしご》や脚立の上で、下から投げた稲束を受け取り二つに分けてハサに掛けるだけ。お風呂も一番風呂、毎日のように来客があり明るいうちから酒盛りである。

これが普通の農家の親父《おやじ》の姿と思っていたのが、どうも違うらしいと気づいたのは、写真で何かできるかもしれない、社会派カメラマンになりたいと、進路の希望を伝えた時である。「写真は水商売、まっとうな道を歩け」の一点張りである。父は四十歳から働かず、酒飲みで封建的な親であると、地域の模範青年として育った兄は教えてくれた。父に反発をするようになった私に「そう思ったらおまえはしなければいい」とも教えてくれた。兄は父を反面教師として、今も酒たばこは嗜《たしな》まない。反抗していた私はどうなったかというと、二十三歳までは持ちこたえたが、今ではお猪口《ちょこ》を傾けながら日本人であることの確認の時間に浸っている。

酒は体に合わないと思っていたが、役所に入ったその日から歓迎会と称した飲み会や、先輩からの呼び出しが連日のように続き、初月給を手にする前から飲み屋のツケが膨らんでいく。みんな借りているんだからおまえも借りろという先輩の親切なアドバイスで、組合の応急資金と称するものに就職一カ月にしてお世話になった。夏のボーナスできれいに返してやると思った大金の五万円。すぐには返せなかった。

数え切れないほどの赤面の場面を繰り返し、間もなく卒業を迎える。若気の至りで、今では時効の話であるが、組合の歓迎会の帰りバイクで転んで部屋で布団を被《かぶ》って寝ていたら、雨が降っているような夢を見て目を覚ました。おふくろが大丈夫かと冷たいタオルで顔を拭《ふ》いている。「ああ」と答えてまた眠ってしまった。朝起きて顔を洗おうと思ったら、目の前が真っ赤っか。顔中赤チンだらけの赤面である。

ここまで書いたら、現在より過去のことはしっかり覚えている老人の特技で、遠い昔の赤面の場面が鮮やかに蘇《よみがえ》ってきた。竹で作った弓でヨシの矢を射かけてくる友垣の那須野与一。棒きれの刀でバッサバッサと薙《な》ぎ払う鞍馬天狗の私。人物設定も時代考証もなっていないが、少年倶楽部の漫画の良いとこどりのチャンバラのヒーローたちである。そのうちの一本の矢が私の瞼《まぶた》に命中し、押さえた手の指の間から赤い血がドクドク。「目がつぶれたぁ」と泣きながら家に駆けこんだら母は冷静に「どれどれ」と赤チンを塗りたくり、そしてのたもうた。「これで丹下左膳になれたぞ」。若いときにはなかったが齢を重ねたら、瞼の上に、中が空洞のヨシの丸い痕跡が浮かび上がってきたから不思議である。痕跡が残るような怪我《けが》を赤チンで済ませてしまう母は偉大であった。

不平不満を言う私に、いつも返ってくる母の言葉は「お天道様が見てござっしゃる」。「雪や曇りの日はどうすんだ」と反発していた私も、仕草《しぐさ》や物言いが親に似てきて「アレッ」と、既視感やDNAを感じて戸惑いながら、子らに人生を説いている。「お天道様が見てござっしゃる」と。

漫然と見ていた風景が、レンズを通して見ると違った風景になる。新しい発見があり、ものごとの本質がみえてくる。私はそういう写真を撮りたいと思っているし、撮っているつもりだ。それは人一倍に現場に立ち、シャッターを押すことで後天的につちかった感性のおかげだと思っていたが、最近、反面教師としか思えなかった父母の姿が百二十五分の一秒以上の速さで現れ出て、私たちのおかげだぞとフレームの中で微笑《ほほえ》んでいる。

父母との間には、娯楽などなくとも五感で感じられる時間が緩やかに流れていた。そんな原体験があるから、インスピレーションという第六感でいま、写真を楽しめるのであろう。「そうかもね、そうだよね。おやじやおふくろのおかげだよね」。レンズの奥のその向こうに、切っても切れない親子のつながりが見える。

今も一緒に居てくれてありがとう

小林　保廣
〔二幸産業㈱社長
東京新潟県人会副会長〕

私にとって父は怖い存在でした。だから、というわけではないかもしれませんが、思い浮かべる情景は母との事の方が多いようです。

私は糸魚川の出身ですが母はお隣の富山県境村出身で夏になると母と兄弟七人一緒に富山へ行ったものです。そこでは観光客も見学に来るような「おわら風の盆」という祭りがあり、その時期には母が五人の叔母と一緒に家の中で越中小原節を踊っていた姿が目に焼きついています。

その情景を思い浮かべるととても温かな気持ちになり〝家族愛〟というものがそのまま形になっていた光景がそれではなかったかと思います。

その時の思い出をもう一つ…。夏が終わり母の実家から最寄りの駅までの帰り道、ふざけたり…、兄弟喧嘩《げんか》をしたり…、いろんな事をおしゃべりしたり…。今思うとそれは家族の絆《きずな》の確認であったのかもしれません。

〝母〟というと私が思うのは真冬のイメージです。家には風呂がなく母と兄弟一緒に銭湯へ通っていたのですが、冬には雪が積もり、さらにその上に雪下ろしの雪が乗りますので高さが二階建ての建物くらいになります。

その上を歩くのです。母は素肌のまま裸の私を背負い、その上から角巻《かくまき》を着ていました。その時私は母の背中の温かさに〝自分は大事にされている〟と強く感じたことを覚えています。

成長して私は柏崎工業高校電気科へ進学しました。当時は糸魚川高校へ進むのが一般的でしたが、私はエジソンに憧《あこが》れておりましたので自宅からは離れていましたが工業高校を選びました。工業高校では初年度は下宿。二年目からは親に負担をかけたくない、少しでも楽をしてもらいたいと思い新聞配達をしながら自炊生活をしました。その生活をスタートする時に、母が糸魚川から自炊道具を背負い、汗をかきながら届けてくれました。重くて大変だったろうに私の顔を見た瞬間の母の笑顔。今でも瞼《まぶた》に鮮明に焼きついています。

〝母〟の愛情を深く感じた瞬間でした。

父の話をしたいと思います。小学生のころ、父が家で友人と酒を飲む。酔うと次から次へと母が酒を買いに行かされる。金もないし、酒が過ぎると体にも良くないと考えたのでしょう。ある日お酒に水を入れて出したことがありました。父は激怒して殴ったり蹴《け》ったり。私はその時父が憎いと思いました。母を救わなければ、とも思いました。

その後、二十一歳の時に上京したのですが目的の一つには母に恩返しや楽をさせたいという思いがありました。多分そう考えた段階で精神的に自立したのだと思います。

逆説的かもしれませんが〝家族の絆〟は自立が条件といえるのではないでしょうか。自立のきっかけは人それぞれですが、私の場合は兄弟がたくさんいました。兄弟はライバルでもありライバルには勝たなければいけない。また、親兄弟には自分の弱さを素直に出したくない、格好をつけたいと思うようになる。そんな思いも自立のきっかけの一つだったのだと思います。

上京してから二十四歳で今の会社を立ち上げ、当初は資金不足。何とか資金を工面するために父に相談に行きましたが、貸したくても金がなかったのかもしれませんが断られました。しかし、父に資金を出してもらっていたら甘えの精神構造ができたかもしれません。資金を借りられなかったからこそ自分で一生懸命頑張った、とも言えます。

怖くて憎らしかったはずの父、厳しかった父、でも私を鍛えてくれていた。

今の会社の経営基盤を築けたのはそんな父の教えのおかげだと思うようになりました。

父親と母親が重なり合って常に自分の心の中に生き続けている。

「今も一緒に居てくれてありがとう」

人様には「惜しまず協力」の教え

高橋 和子
（東京新潟県人会常務理事
東京おかみさん会会長
東京おけさ会代表
全国仏教婦人連盟役員）

私は、刈羽郡小国村二本柳（現長岡市）の竹部家の十人兄弟姉妹の六番目四女として生を受けた。父は、山村にしては見事な男前で偉丈夫、名前も勢いがいい「幸太郎」。幸太郎五歳の時に父親が病死。母親に大切に育てられたが、たった一人の妹も十八歳の若さで病死という憂き目にあった。二十二歳の時に隣村の健康そのものの十九歳の娘・タミと結婚。母タミは一人っ子同様な寂しがりやの父を慮《おもんぱか》って、元気な子供を産み、一年おきに十人（五男五女）もの子宝に恵まれた。母は、時には大病もしたが、そんな時には上の子供たちが団結し、下の妹・弟の面倒をよく見て育てた。

父母は、頂き物があるといつも十個に等分して子供たちに平等に与えて、自分たちは無しですますような親であった。そのような両親に子供たちも感謝しながら、家事はもちろん、野良仕事などは一生懸命に手伝った。ご褒美《ほうび》には、芝居やシバタサーカスに連れて行ってくれ、私たち子供はそれがとても楽しみだった。

父の教育方針は、金欠の中でも子供たちに「学歴と資格」をとらせること。当時としては高校進学が珍しいことであったが、子供たち全員に高校進学や看護学校へ通わせてくれた。これが一番ありがたく感謝している。

父は、小国村の議員や収入役、高校のＰＴＡ会長、田中角栄代議士の刈羽郡後援会長などの公職などを依頼されると、嫌とは言えない性分で、お金のことは二の次で協力し、その労を決して惜しまない人であった。

戦後間もないころなのに、三つ揃《ぞろ》いの洋服にハット帽子でお洒落《しゃれ》するハイカラな面もあった。母は、父が三つ揃い洋服を作ると米俵四俵がなくなるとこぼしていたこともあった。その母も、納屋の二階に髪結いさんが来て、着物を着て実家に行くことがあった。子供ながらにお金が大丈夫なのかと心配していたが、決して両親は無駄遣いでなく、役職とか家の格式・体面も考慮してのことだった。

忘れることのできない思い出の一つに、父が勤めから帰ると、よく何人ものわが子を一人一人木製の丸い風呂に入れて体を洗ってくれ、みんなに同じ愛情を注いでくれたことがある。子供は現在、六名が健在。一年に一回「竹栄会」として集まり、両親を偲《しの》び、感謝の会を続けている。

両親は四女の私を、丈夫さをみて農家の嫁に向いていると考えて柏崎農高へ進学させた。しかし卒業後、農家でなく、北越銀行の頭取さんと父が同級生の縁で、当時、小千谷市に疎開していたマルト産業の縫製工場に入社させたのが、私の人生の大きな転機となった。会社内に洋裁学校もあり縫製技術の取得に励み、縫製の仕事に一心不乱に打ち込んだ。わずかな初給料の半分を母に「お返しよ」と渡せたことがとても嬉《うれ》しいことであった。会社・縫製工場が東京へ移転すると同時に選抜されたメンバー三人と共に上京。高級紳士服を担当させていただき、まもなくトップの技術者の仲間入りを果たした。白木屋、三越、オンワードの専属的な会社なので、思う存分、挑戦し腕を磨かせていただいた。そして職長の主人と結婚。その後独立し、六日町に縫製工場を持ち、人並みな生活ができるようになった。

現在は、長男とも相談し、所有のマンションを大学入学者の学生寮的に割安で提供し、地方からの学生頑張れと応援している。

最初趣味で始めた日本舞踊から転じて、二十五年ほど前から「佐渡おけさ踊り」が、ライフワークのようになった。いつしか東京おけさ会の代表となり、国内はもちろん、ハワイ、ロサンゼルス、シドニー、北京、台湾などの海外まで、各種の大会、お祭り、イベント、パレードへの参加、慰問活動にと、大忙しである。県人会では佐藤ミツエ先生の会に十七年にわたり通わせていただき、「佐渡おけさ」の本家・佐渡相川の立浪会の皆様や星野美恵子先生にもご指導をいただいた。佐渡島には、「佐渡おけさ」や「相川音頭」の習得に二十五年間も通い続けている。平成十五年、相川町から、「佐渡おけさをこよなく愛し、知名度を高め観光振興に寄与・功績」と表彰された。今やおけさ踊りが健康と若さの秘訣《ひけつ》となっている。さらにはおけさ踊りの縁で、全国おかみさん会の冨永照子理事長さんと懇意にさせていただき、東京おかみさん会会長職にも就いた。今年六月の「第十六回　全国商店街おかみさん交流サミットin夕張」の大会会長も拝命させていただくこととなった。

このように、微力ながらも活動できるのは、両親の「人様からの頼まれごとには、何事も手抜きせず労を惜しまず一生懸命全力を尽くしやり遂げる」との教えのおかげだ。最近は朝風に「かずこーがんばれー!!」と父母のささやく声を聞くような気がする。

今後も、尊敬する父母の教えの万分の一でも社会に奉仕、貢献できるようにしていきたい。偉大なお父さん、お母さん、いつも天上から見守り叱咤《しった》激励してください!

心の居場所を応援してくれた母

松浦　幸子
〔精神保健福祉士
クッキングハウス代表〕

二〇〇〇年の夏、八十九歳で旅立った母ノイさん。あなたは今は守護天使になって、いつも私を見守ってくれているのですね。ノイさんが応援してくれていたから、小さな心の居場所「クッキングハウス」も二十年、続けることができましたよ。人生の途中で心の病気になって長い年月、病院に入院したままでいたり家に引きこもって孤立して暮らしている人たちに出会い、日本の貧しい精神科医療や福祉に怒りがわき、地域で当たり前に人間らしく一緒に暮らしたいと開いた場でした。私がたった十二畳のワンルームのアパートを借りて始めたのは、心病む人たちと一緒にご飯を作って食べることでした。一人でぽつんと食事していて、あまりの寂しさに再発してまた入院してしまう人が多かったからです。「ひとりぼっちをなくそう」が合言葉でした。心病む人にとって食事は、気持ちのいいコミュニケーションにつながり、人と人が心を通わせながら生きていく文化を取り戻すことだったのです。自分の思いを語れるようになることが回復への希望となり、少しずつ自分らしさを取り戻して元気になっていきました。積極的に社会参加していこうと、レストランにまで活動が広がったのです。

ご飯を一緒に食べたら元気になれると発想できたのは、実はノイさんのおかげだったのですよ。ノイさんは戦後、中国から無事に引き揚げてきたものの家族と離れなければならず、赤ん坊の私を背負い、雪国の冬を屋根のあるところで越せるだけでもいいと、年の暮れに農家に嫁ぎました。その家の釜に白いご飯がいっぱい炊いてあるのを見て、「ああ、これで幸子と生きていける」と思ったと何度も私に語ってくれました。

ノイさんは私の生命を守るために、朝から晩まで働き通しで百姓仕事をしていましたね。栄養不足で、おできがいつもできていて病気がちな私をなんとか育てたいと、家族に隠れて食べ物をくれました。ノイさんの働いている桑畑に行くと、泥の少しついた竹の子の煮しめや煮干し、身欠きにしん、生卵をふところから出してきて、私に栄養をつけさせようとするのです。丸いちゃぶ台を囲んでむっつりと押し黙ったまま家族で朝ご飯を食べ

1999年５月、東京の自宅そばの公園で。母(中央)と筆者(右)、筆者の孫２人、息子の嫁(左)

る時、私に盛ってくれたご飯の底には生卵が入っていて、家族に見つからないように食べるために、私は体がこちこちになるほど緊張していて、おいしかった思い出はないのです。でも、ノイさんの気持ちが分かるから「困るからやめて」とも言えない子どもでした。

ノイさんの心が解放される日がありました。公民館での生活改善の料理教室の時、村の嫁さんたちが集まってきて、楽しそうにマカロニサラダやマヨネーズ作りを教わっていました。「こんなにぜいたくなもの、家で作ったらおばあさんに怒られる」と、一人の母が言うとみんな「そうだね」と共感しあいながら食べている風景。私は嬉《うれ》しくて母たちの周りを走っていました。子ども心に、共同食堂っていいな、と強烈な残像になりました。閉鎖的な家族の人間関係から一時でも解放された時の、村の母たちの輝く表情も、子どもの心にいつまでも残りました。後に私が精神科ソーシャルワーカーになり、心の病気をして自分の人生を諦《あきら》めかけ、心を閉じている人たちと出会った時、一緒にご飯を食べる場をと思い立ったのは、ノイさんに私の生命を守り育ててもらったからなのです。

ノイさんは、寝物語にいつも私に語ってくれましたね。夜なべ仕事を終えてドロドロに汚れた終風呂に私を抱いて入った後、別れてしまった実の父の話をしてくれました。みんなに信頼され、立派な仕事をした正義感の強い人だったエピソードの数々。別れざるを得なかったけど、ノイさんがとても尊敬しているのだとわかりました。私の心の中に父の存在がしっかりと座り、私は誇りを持つことを覚えたのです。ノイさんの語りの最後は、「戦争はやってはいけない。戦争は人の心をずたずたに引き裂いてしまうから」でした。あのころ、私に語ることが、悲しい境遇を生きている自分自身を慰めることだったのだなと今は分かるのです。

年月はたち、病気の義父を十年介護し見送った時、ノイさんは八十歳になっていました。

「もうおらの義務は終えたから、生きていても仕方ない」と長い年月の介護に疲れ、うつ状態になっていました。なんとか元気になってほしくて東京に来てもらい、私はノイさんをクッキングハウスに連れていきました。心の病気をした人たちが居場所で元気を取り戻していて、ノイさんと絵を描きました。初めて絵筆を持ち、震えながら描いたのは一本の赤マンマの花。苗字を書こうとすると、「苗字は変わるかもしれないから〝ノイさん〟とサインしましょう」と、講師の先生が言うので大笑い。ノイさんは私に「幸子らしい、いい仕事をしているね」と言ってくれましたね。

「田舎に戻って明るい気持ちでやり直してみるよ」と、新潟に戻ってからも絵を描き続け、野菜とともに必ず何枚か素朴であたたかい民話のような絵を送ってくれるようになったのです。八十歳でも絵が描けるのよ、と私は嬉しくなり、たくさんの人に希望を語れるようになりました。ノイさんが、亡くなる二週間前まで絵を描き続けたのは、最期の絵が満開の桜だったのは、私への精一杯《いっぱい》の応援のメッセージだったのですね。ノイさんの絵は、クッキングハウスを訪れる心のつらい人を、優しさとあたたかさで迎えてくれていますよ。

ル・レクチェがつなぐ父との絆《きずな》

浅妻　均（無職）

私の家の生垣はツバキ科の常緑樹のモッコクでつくられています。二十五年前家を建てた時考えていた樹はヒノキ科のカイヅカイブキでした。そこで父と揉《も》めました。初めはなんで反対しているのか訳を言ってくれないので困りましたが、カイヅカイブキはナシの大敵の赤星病の中間寄生と説明してくれ、納得しモッコクの生垣になりました。このことをはじめとして、父は果樹に関し並々ならぬ執念をもって普及にあたってきました。

父、浅妻力は二〇〇三年に八十五歳で亡くなりました。一人っ子で旧黒埼町（新潟市）に育ち、四十七歳の時薦める人があり新潟県果樹振興協会に勤めました。バートレットと呼ばれる西洋ナシを市場にPRする時に美味《おい》しいル・レクチェを食べたことが、父の人生を決めました。それが契機となり、亡くなるまで普及に全力を傾けてきました。カイヅカイブキの件も一例ですが、ル・レクチェなどの果樹の花粉づけのころの外気温度や、大雨、大風の影響を心配し、各地の状況把握と対策に朝早くから夜遅くまで車で回って、電話連絡をしていた姿が強く思い出に残っています。

父は果樹の専門の教育を受けたことはありませんでしたが、自分が食べた美味しいル・レクチェをなんとか食べてもらおうと研究を重ねてきました。

その当時、家族は祖母、両親、姉、私、弟の六人家族。西洋ナシ収穫時に父は各地からナシを買ってきて、夕食時に私たちは毎日試食をさせられました。まだ熟成度がよく分からなく、ナシも冷蔵庫に入れたもの、外に出したままのもの、暖かい所に置いたものと条件を違わせ、匂《にお》い、食感、甘み、後味を私たちに詳しく、しつこいくらい聞きノートに記録していました。三年くらいそれが続いて、ようやく本来の熟成されたル・レクチェを食べることができるようになりました。

当時の事を現在、大郷でル・レクチェを生産されている佐久間勉さんと、当時、元白根農協にお勤めだった高山豊さんに聞いてみました。一九六五年ころは二十世紀ナシに代わり幸水・豊水・新水の赤ナシに全国的に注目が集まっていました。西洋ナシの美味しい食べごろが分からないこともあり、ル・レクチェは成熟しない青い堅いままの物を食べたりしたためほとんど普及していなかったとのこと。農地の片隅に趣味的にわずかに栽培されているだけで、栽培方法も確立されていなかったそうです。

そんなことにもめげず父は相変わらず各地を回ってル・レクチェの普及活動に励んでいたそうです。契機になったのは、一九八三年、県内の果樹生産者約百八十名が白根農協に集まり、父が講師となり、ル・レクチェの栽培を講演したことでした。この講演内容が関心を呼び、ぼちぼち栽培する人が増え普及し始めたとのことです。ちなみにル・レクチェは植えて六、七年ほどで収穫できるようになるとのこと。佐久間さんは高山さんの紹介で父と知り合う前に、やはりル・レクチェに惚《ほ》れ込み、周囲の反対を押し切って栽培に踏み切りました。その後、父と知り合って意気投合し、高山さんらと共に各地を回りながら育成に励んできたとのこと。今では他県でも栽培されていますが、新潟の地質や気候が合っていることと、栽培技術が進んでいることもあり、市場では果物の女王と呼ばれ優位を保っています。

ところで父の研究によると西洋ナシは、日本に約百六十種類あるとのこと。一九八八年に協会を退職し、技術顧問となってからも研究に勤《いそ》しみ、農林水産省果樹試験場盛岡支場、青森県畑作園芸試験場、山形県立園芸試験場、新潟県園芸試験場などを車で回った父は、各試験場の協力もあり七年かけて一九九五年六月に念願の「バラエティー西洋ナシ」を発行しました。オールカラー、二百六十五ページ。百二十種類の西洋ナシの開花期、収穫期、可食期などをまとめた本を作りあげ、思いが結実しました。

父には戦争体験があり、無事に帰ってこられたことで地域に恩返ししたいとの思いが強く、ル・レクチェに出会って情熱を傾けることになったと聞いたことがあります。私もそんな一途な思いを引き継ぎ、子供のころから絵を描くのが好きなこともあり、広告会社で四十年毎日楽しく仕事することができたことを感謝しています。退職した現在、地元三百五十世帯自治会の副会長、ふれあい協議会の広報委員、新潟市男女共同参画企画委員などで父の思いを引き継ぎ地域に貢献していきたいと思っています。

新潟市の大郷周辺のビッシリと咲き誇るナシの花の咲く堤防のドライブ、父との絆をしみじみと感じさせる大好きなドライブポイントです。

格好良い老人

前川　睦夫
〔株式会社私の部屋リビング
代表取締役社長〕

私の最初の記憶は一歳のころ、一九六四年、新潟地震直後の風景である。大きなタンクの給水車に人々が並んでいる。私は、お手伝いの女性「むっちゃん」に手を引かれて（または抱っこされて）、壊れた街を見ている。両親は傍らにいない。商売を再開するために動きまわっている。母の実家は、新潟市古町の「フタバ・ファッション」という婦人服の店だった。日常を再建するために黙々と働く大人たちの大きな背中。不思議な光景の中で感じた人々のたくましさ、安心感。

次は一九七一年、小学三年生のころ、枕元には真剣な表情の父がいる。「誰もやったことのない素晴らしいアイデアを実現させたい。儲《もう》からなかったら学校に行けなくなるかもしれへんけど、賛成してくれるか」。薄暗い部屋で聞いていた姉が言う。「パパ、やってよ。応援するから頑張ってね」。弟のあんたも賛成した、だから始めたんだ、と後で言われた（父は大阪の出身で、新潟に来てからも関西弁が抜けなかった。私は大阪と新潟のハーフなんだ、と最近つくづく思う）。翌年、父は仲間とともに、「私の部屋」という、日々の暮らし方を提案する雑誌を創刊、大和百貨店に同名の店舗を開く。さらに、読者に呼びかけて、全国にフランチャイズ店を組織する。父の予想通り「儲からない日々」が続く。母の洋品店が家族の生活を支え、父は夢と信念に投資を続ける。「この異常な経済成長はいつか終わる。この雑誌も店

小学生の夏休みに、父（左）と筆者

も、人々が自分自身の生活を見つめ直すためにきっと役に立つ」。この予想も現実のものとなる。父が始めた事業は、オイルショックやバブル崩壊を経て軌道に乗る。母の努力も報われた。

一九七八年、高校二年、ギターを背負って友人と家出した。東京でプロになりたかった。父は駅のホームまで追いかけてきた。止められると思ったが逆だった。「頑張れ、行ってこい」。すぐに上野駅で補導されて、友人から散々からかわれたが、父が応援してくれたことが嬉《うれ》しかった。

一九八七年、姉が癌《がん》で亡くなった。三十歳だった。父と母はがっくりと肩を落とす。あんなに悲しむ親を見たことがなかった。私は、まだ音楽活動をしながらアルバイトをしていたが、姉が、「これではいけない。なんとかして」と言っているような気がした。父が姉にやらせたかった、フランスの生活用品店「キャトル・セゾン」を成功させようと思った。父と母の思いが込められた会社を継ごうと思った。

姉が亡くなった後で歌を書いた。「僕を叩《たた》いた人」というタイトルをつけた。

僕を叩いた人、僕を愛した人、僕を許した人、僕の隣で眠った人
僕はあなたでできているから、あなたを食べて生きてきたから
今、あなたのために歌いたい

父は事業を退き、本を出版した。「ロートレアモン論」。半世紀以上、片時も忘れなかったフランスの詩人への思いを書いた。母はますます元気である。手術をしたと思ったら、オーロラが見たいと旅行に行ったりしている。父、前川嘉男七十七歳、母、前川キミ子七十五歳。これからも格好よい老人でいてほしい。

私が家に帰ると、三人の息子が飛びついて来る。たまに手や足に噛《か》みついてくる。私はまだ、四十代なかばの未熟者。これから、どんなにかじられてもびくともしない足のすねを持ちたい。どんなに食べられても減らない心を持ちたいと思う。そして、私の両親のよ

うに、自分の夢に忠実で、折れない意志を持つことの素晴らしさを、彼らに伝えられたら、
と思う。

杖をついた高校生

中野　不二男
〔ノンフィクション作家、科学・技術ジャーナリスト、ＪＡＸＡ（宇宙航空技術研究開発機構）招聘研究員〕

週の半分は書斎で執筆、残りの半分は某研究機関でばたばたしている。そんな二足のワラジ暮らしに、また一足。ある高校で、科学技術と実験を教えることになった。それなりに広くて静かだった私の研究室は、いまや実験道具を作るために運び込んだ工具と機器の山で、工作室と化してしまった。

その工作室兼研究室でバルサ材を削っていると、子どものころを思い出す。とにかくいろんなモノを作ったものだ。プラモデルはもちろんのこと、アマチュア無線の機器やラジコン飛行機、70ccエンジンの一人乗りホバークラフトにいたるまで、手当たりしだいに作っていた。しかし最近の子どもは、工作をしない。いや、理数系の教師さえも、工作は苦手だという。だから私のような、現場たたき上げの出番になったのだろうが。

グラインダーにあてたバルサ材が、少しずつ飛行機の主翼らしくなってゆくと、いい年をしてわくわくする。そして、あの裸電球の明かりを思い出す。新潟市の古町通りの、八番町だったか九番町だったかにずらりとならんだ、夜店の明かりだ。その裸電球の前に立つたび、母は少年雑誌の〝付録だけ〟を買ってくれた。小学校の低学年だったから、四十数年も前の話だ。当時の少年雑誌の付録は、いまでいうペーパークラフトの模型や、単純な実験セットなどが定番である。ただし付録もついた〝フルセット〟の少年雑誌は、お値段がはる。それが夜店ではひと月かふた月遅れで、雑誌本体と付録を別々にし、安く売っていた。母は、その付録だけを買ってくれた。

わが家は母子家庭で、けっして暮らしは楽ではなかった。手先が器用だった母は、紳士服や婦人服の仕立てで生計を立てていた。だから、手に技術を持ってさえいれば生きていける、と信じていたようだ。もともと工作好きだった私に、「子供の科学」や夜店の付録だけは惜しげもなく買ってくれたのは、そんな信念からだと思う。その甲斐《かい》あってか、私は曲がりなりにも某外資系エンジニアリング会社の技術屋になり、東京やシドニーで設計図を前にしてコツコツと働いていた。

ところがオーストラリアから帰国すると同時に、物書きなどというワケのワカラン世界に入った。東京で同居をはじめたとき、母は不安だったにちがいない。それでも私が結婚して家庭を築き、仕事でもいくつかの賞をいただいたころには、少なからず安堵《あんど》感があったはずである。それは、母の行動にはっきりとあらわれていた。

新居に移って子どもたちが生まれ、三世代同居になってまもなくだった。六十八歳になっていた母が、ある公立高校の通信教育課程に入学した。いや、私には内緒で入学していたのだ。実家が貧しくて中学しか出ていなかったから、やり直したかったのかもしれない。しかしほんとうは、少しでもゆとりができると、何かやっていないと落ち着かないという、貧乏性のせいだろう。以来、ふだんは〝おばあちゃんの部屋〟に閉じこもり、週末には電車とバスを乗り継いでの通学である。教科書とノートの詰まったリュックを背負い、曲がりかけた腰に念のためにと杖《つえ》を手に通う母は、もちろん学内最高齢の生徒だった。

七十二歳で卒業したとき、腰はさらに曲がっていた。そのためか、しばらくは家で読書三昧《ざんまい》の日々になった。いっぽう私は、小学校の中学年と低学年になったウチの子どもたちに、学習雑誌の付録のペーパークラフトを作らせたり、磁石のキットで実験させたりしていた。いまにして思えば、母が私にしてくれたことのくり返しである。ただし、「手に技術を持ってさえいれば生きていける」という考えからではない。すでに世の中では、青少年の理科離れが問題になっていたからだ。反対に母は、またも杖をたよりに動き出した。本屋へいっては児童文学の本をさがし、子どもたちに「読んでおきなさいよ」と与えていた。

それから十年、長男は某大学の工学部に入学した。勉強にはほとんど口を出さない私だが、ひと言だけ長男に伝えた。「物理や数学の受験対策ばかりやってきたけど、大学では文系の学問をしっかりやれよ」。幅広い視野を身につけてほしいからだ。しかしこれも、二番煎《せん》じだったような気がする。

私が工学博士の学位を授与されたのは、五十歳を過ぎてからだった。大きな学位記を見せたとき、母は曲がった腰をさらに曲げて、私に「おめでとうございます」といってくれた。そして、「ゆっくり見たいので…」と学位記を手に、〝おばあちゃんの部屋〟へいったのだった。

お母さん、ありがとう。なんだか知らないうちに、お母さんがやってきたことを私もやっていました。たぶん、家庭の空気というのは、こうやってつくられてゆくのでしょう。

その空気をつくってくれて、ありがとう。長男も長女も、きっと知らないうちに、その空気を受け継ぐでしょう。それを楽しみに、長生きしてください。

父の選択、私の選択

池田　弘
〔NSGグループ代表
アルビレックス新潟会長
神明宮宮司〕

私の父・池田次男は、「国鉄マン」という自らが選んだ仕事から、婿入り先の池田家代々の仕事である神職に転身し、一昨年九十三歳で生涯を終えました。父の人生は「やりたいこと」と「やらなければならないこと」との選択に大いに苦悩し、家族のため、家のためを優先させたものだったかもしれません。一方私は、青年期に志した「事業家」という人生を間もなく還暦を迎えるこの年まで送り、これからも全うするつもりでおります。そんな父と私ですが、父の人生に思いを馳《は》せる時、自らが選択した今の仕事を精一杯やりとげなければならないとあらためて思うのです。

神主の家に生を受けた私にとって、父との記憶も神社にまつわる事柄で彩られていま す。神社で祝詞を上げる父、自宅で氏子さんからの相談を受けそれに応えている父、氏子さんたちの家々を回る父、その後にくっついてちょこんと座っている私。「SOHO」的仕事だった父と私の関係は、サラリーマンの方の家庭よりもある意味で濃密な部分があったかもしれません。

父は神社とは縁もゆかりもない家庭で生まれました。国鉄の鉄道マンになった後、中国大陸での戦争に昭和九年召集され、昭和二十年の第二次大戦の終戦まで三度にわたり戦場に駆り出されたのです。多感な青春期の多くの時間を過ごしたのは、過酷な戦場でした。

死を覚悟するほどの戦火の中を何とか生き抜き、昭和二十一年、幸運にも生きて帰国することができました。親に決められた結婚相手だった母とは、戦場に行く前に結婚式を挙げ、代々の宮司の家系である池田家に婿入りしていました。帰国後、国鉄マンに復帰しましたが、池田家や父の実母からは神職の跡継ぎになるよう言われます。自ら選んだ国鉄職員を捨てることへの苦悩があったといいます。

ここで父の肩を押したのは戦争体験でした。極限状況の人間の姿を見たことが人知を超えた神の世界へ飛び込む決断をさせたのかもしれません。神社のあとを継ぐことを決め、昭和二十三年に神職の研修に入り、昭和二十四年から神明宮と愛宕神社に奉職するように

1995年ごろ、新潟市の自宅で、父(中央)、母・邦(クニ・右)と筆者

なったのです。神職としての父は、頑《かたく》ななまでに作法を重んじる人でした。玉串やお札はすべて手づくり、儀式の作法は寸分たがわぬ型どおりに行いました。しかし神職に就いてからもその選択が正しかったのか悩み続けたようです。その苦悩は少年期の私にも感じ取れるものでした。

そんな父が大きく変わったのは、私が成人する少し前に祖父が亡くなってからでした。祖父の死は、父に家長としての強い自覚を促したようです。どこか国鉄マンへの未練を引きずっていた感じはこのころを境になくなり、神職の仕事に一途《いちず》に打ち込むようになりました。恐らく自分の人生に一つの結論を出したのだと思います。不器用な性格の父でしたが、私は父が全身から放つ「ある意識」を幼い時から感じていました。それは宮司として神に仕えていた父が、神の存在を認め、敬い、お仕えしているという意識です。神への向かい方という点で、私は父の姿勢から強い影響を受けています。

父にそうした変化が生ずる中、成人に達した私は事業を起こしたいという気持ちを日に日に強くしていました。NSGグループを創業したのは昭和五十二年、二十七歳の時です。大反対した父でしたが、最後には私の創業に力を貸してくれました。従兄弟《いとこ》の渡辺敏彦氏と二人でグループを創業した時、敏彦氏の父と私の父（二人は双子です）が五百万円ずつ出資してくれ、さらに神社境内を校舎用地として提供してくれたのです。父は、銀行の二千万円の借金の保証人にもなってくれました。黙って保証書にハンコを押してくれた姿は今でも覚えています。

実は父の父親は、借金の個人補償で財産を失いました。事業への怖さは人一倍あったはずで、「教育事業をやりたい」なんて言い出す息子を苦々しく思ったはずです。最初は大反対でした。でも最後には黙ってハンコを押してくれたのです。

どんな気持ちだったのでしょうか。国鉄という自ら選択した勤め先をやめ、神職という仕事に周りの事情で転じることになった自分、来る日も来る日も自転車で氏子さん回りを続ける華やかさとは無縁の自分の人生。そんな気持ちの中、事業を起こしたいと青春の炎を燃やす息子を見て、思う通りにやらせてあげたいという気持ちが大きくなったのではないでしょうか。

父は享年九十三歳の大往生でした。私の活動の本拠地であるＮＳＧグループの本部は、今も父が守った愛宕神社の境内に置かれています。神社の拝殿に向って手を合わせる時、「やりたいことを精一杯できるお前は幸せだ」という父の声が聞こえてくる気がするのです。

父母《ちちはは》恋々

たか たかし（作詞家）

父さん母さん、ぼくは今、一枚の写真を眺めています。それは二人の金婚式を瀬波温泉で祝ったときのスナップ写真です。

五人の子どもと連れ合い、その孫たちに囲まれ、好きな日本酒にほろ酔って上機嫌な父さん。長身の父さんには、宿の浴衣もつんつるてんで、それがまたおかしい。母さんはといえば、その父さんに背中を抱え込まれるようにして少女のようにはにかんでいる。

写真を眺めていると、激動の昭和の世を息をつく間もなく働き続けてきたあなたたちにとって、金婚式を祝ったこのころが最も穏やかで幸せな季節ではなかったろうかと、ぼくには思えてくるのです。

父さん、あなたは日曜も祝日も会社に出て家にいない人でしたから、子どものころに遊んでもらったという思い出はありませんが、それを寂しいと思った記憶もありません。たとえ、あなたが家庭の人でなかったにしても、ぼくはあなたの真っすぐに伸びた男らしい背中が好きでしたし、父親としてのあなたの存在感は絶対的なものでした。

しかし、高校を卒業した二年後の春のことです。父さん、ぼくはあなたの忠告と反対を無視して、当時勤めていた新潟でもトップクラスの会社を辞めて、東京に出て行きました。ぼくの行動がどれほどあなたを失望させ激怒させたことか。それは覚悟をした上でのことはいえ、あなたを裏切ったという思いは、やはりつらいものがありました。

東京の生活は、想像していた以上に厳しいものがあり、自分の考えがいかに甘かったかということを思い知らされました。大学も中途半端になり、あげくの果ては東京で食い詰めて、友人がいる北海道まで流れたりするのですが、そんなぼくをいつも黙って受け入れ、包み込んでくれたのは、母さん、あなたでした。

ぼくはあなたがいなかったら、どこかで人生を間違っていたかもしれません。あなたはぼくにとって、嵐の海にいつも変わらずに一筋の光をともしてくれている灯台のような存在でした。

家の仕事を終えて、深夜睡魔と闘いながら、ちびた鉛筆をなめながら書いたと思われるあなたの手紙に、ぼくはどれほど慰められたことか。あなたの体温をむさぼるような思いで、何度も読み返したものです。時折、手紙と一緒にしわだらけの紙幣が何枚か入っていました…。

ぼくが書いた美空ひばりさんの歌が、彼女の何年かぶりの大ヒットになった年のことでした。テレビでひばりさんの歌を聴いていた父さんが、「あいつもやっと一人前になったか」と言っていたと、母さんが知らせてくれました。その手紙には、近いうちに帰ってきて、父さんと酒でも飲みなさい、と書き添えてありました。昭和五十六年のことでした。ぼくがあなたたちから巣立って、東京に出てから四半世紀という歳月がたっていました。

歌の詞を手がけるようになって三十年になる節目の年でした。ぼくは歌手を中心とした東京の仕事仲間と地元の友人たちの協力を得て、加治川の堤に念願の桜の植樹をすることができました。

ぼくにとって母こそ故郷でした。故郷への想《おも》いは母さんへの想いであり、母さんへの想いは、子どものころに一番好きだった母さんの生家のすぐそばを流れている加治川への想いであり、長堤十里にわたり見事な満開の花を咲かす、桜の並木でした。

その美しい桜は母さんのイメージに重なり、苦しいとき、つらいとき、いつもぼくを支えてくれたのでした。

父さん母さん、あなたたちとはもう思い出の中でしか会えません。でも会えば、父さんの背筋は今も真っすぐに伸びています。母さんの目は慈愛に満ちて柔和です。

家族の絆《きずな》がしきりに言われるこの時代、この言葉について考えるとき、ぼくはいつも父さんと母さんのことを思うのです。そして家族の絆など殊更言わなければならないこの時代を悲しいと思うのです。

父さん母さん、まだまだ語りたいことがいっぱいありますが、今回はこれくらいにしてまた書き送ります。

最後に一言言わせてください。

ありがとう、父さん母さん。

天空の彼方へ

池田　孝一郎
（元ＴＢＳアナウンサー（アナウンス部長・報道総局次長）、東京新潟県人会常務理事（広報委員長）、首都圏えちご蒲原会会長、東京えちご巻町会会長）

おばあちゃん、あなたが亡くなって、もう四十五年余になります。四歳になったばかりのぼくがあなたのもとへ行って高校卒業するまでをほとんど二人だけで過ごしたふるさと巻町（現新潟市）での遠い日々に思いを馳《は》せながら、あなたへのささやかなオマージュをここに捧《ささ》げます。

昭和三十八年六月二十八日。ぼくは、急《せ》きたてられる気持ちと押しつぶされるような重苦しさに耐えながら上野駅へ走りました。ナイトゲームの実況を代わってもらったのは、後にも先にもこの時だけのことです。一刻も早くあなたのもとへ…。窓外の景色も周りの人の動きも全く覚えはなく、ただひたすら「生きていてよ、おばあちゃん」「もうすぐ行くよ、おばあちゃん」、その思いしかありませんでした。

巻駅を降りて家までは歩いても五分、走って行けば三分もかからないかもしれませんが、焦る気持ちと裏腹に怖さが先に立って、走れませんでした。そして、家までを見通せる一本道に立ってすぐ、門前に和彦の姿を目にしました。あそこは、百メートル近くあるでしょうか。弟は、ぼくの方に向かって大の字に足を踏ん張り、腕組みをしていました。彼は越後線の下りが通過するのを聞いて、すぐ家の前に飛び出したに違いありません。表情を読み取れなくても、待ちきれなかった気持ちが体中から感じ取れました。

二人の距離が二十メートルになってもじっと立ち尽くしたままの弟に、ぼくもまた顔の表情と体全体で問いかけました。

「間に合ったか?」。弟が大きく頭《かぶり》を振りました。ズキーンと来た衝撃を押し包み「しっかりしなければ…」と思いながらくぐった門内に、大輪の紫陽花《あじさい》が咲き誇っていたことだけを今でも鮮明に記憶しています。

あなたは、いつもそこに居た奥の間で、静かに横たわっていましたね。

「おばあちゃん…」、擦《かす》れる声でそう言ったきり、どれほどの涙が頬《ほお》を伝ったか、いかような嗚咽《おえつ》を漏らしたか、ほとんど覚えておりません。「遅かった。申し訳ありません」と、「本当にありがとうございました」という思いがぐるぐると頭の中を駆け巡っていました。

「孝一郎が…」「孝一郎が…」と「どれほど聞かされたことか」、「あんたのことが、たった一つの支えだったんだよ…」と、その場に居た方々が誰彼なしに言いました。

あなたにとっての息子、つまりぼくの父が亡くなってもう十四年もたっていましたから、本当に皆さんの言う通り、あなたの気持ちを支えていたのは、およそ十五年手塩にかけたぼくという存在だけだったのです。

危ない状態になってからも、時々パッと目を開き周囲を見ようとする姿に「孝一郎さんに知らせたからね。もうすぐ来なさるよ」と励まされ、「早く会いたいかね」という呼びかけに「会いたいこて…」と、そこだけははっきりつぶやいたということでした。

その話を聞かされた後だっただけに、骨揚げの時は、とうとう我慢しきれなくなって、声を上げて泣きました。人目をはばかるどころではなく、後から後から押し寄せる慟哭《どうこく》のうねりが私をとらえて放しませんでした。

おばあちゃん、あれはもう七十年近くも前のことになりますね。千島列島・国後島《くなしりとう》の勤務から東京本社に戻ると決まった父に「孫と一緒に暮らしたい」と、半ば命令のようにあなたが言ったのは…。長年、母親を一人にしておいた父としては、それは断りようのない要求だったのだろうと思います。いったん、家族を東京に連れ帰った父は、私一人を連れてふるさと巻へ向かったのでした。

「これからは、おばあちゃんと一緒に暮らすのだよ」と初めて知らされたのは、東京からの汽車の中でした。父の言い方が上手だったのか、ぼくの聞き分けがよかったのか、その翌日、ぼくはあなたと並んで門の前に立ち、「お父さん、さようなら」と手を振りました。

「この子は涙一つ見せなかった。えらい子だよ」と、あなたは褒めてくれましたね。

それからの日々…。目覚めに響くお鈴《りん》の音、後へ後へと並んで膝行《いざ》った糠《ぬか》袋での廊下磨き、餅《もち》草やげんのしょうこを摘んだ日の青空、運動会や遠足でのけんさ焼き、夕暮れの愛宕神社で聞いた迎えの声、冬の夜の湯たんぽのぬくもり…。そして今も、ぼくの体には、あなたのお言い付け通りの腹巻きが欠かせないアイテムとして残されています。

おばあちゃん、そのぼくも七十三歳になりました。いつか天空の彼方《かなた》から、「孝一郎…」と迎えの声が届いたら、ぼくは迷うことなく飛ぶでしょう。時空を超えたあなたのもとへ。そこには、父も母も妻たちも、そして初めて顔を合わせる祖父もまた、きっと集っていてくれるに相違ない。そう思いつつ…。

おばあちゃん、その日まで、どうかどうかお元気で！

お父さん、お母さんありがとう

清水 義晴（えにし屋主宰）

父さん、私はあなたに報告したいことがあります。あなたが亡くなった後会社を継いで、なんとか会社をツブスことなく、弟の道雄、伸と社長をバトンタッチしながら今に到っております。そして、あなたが亡くなった五十二歳をとうに過ぎて、五十九歳になっています。

私はあなたのお導きと思っておりますが、新発田からいい嫁さんをもらい、長男長女と二人の子供にも恵まれ、今はみんなで「えにし屋」という屋号で仕事をしています。

これもみなあなたが残してくれた、人様とのご縁を大切にするという生き方のおかげと思って感謝しております。そして、あなたがいつも言っていた「やらないより失敗してもやった方がましだ。つねに前向きに生きるように」という言葉をいつも守って生きてきた

昭和40年ごろ、新潟市の自宅前で。左から父、筆者、母、弟

つもりです。だからここまでこれたのでしょう。

母さん、私が大学に入って東京に行く時、駅まで見送りに来てくれてあなたが流した涙は忘れられない思い出です。

「たった一度の人生なんだから、好きなように思い切って生きるように」と言われたあなたの言葉はいつも私の支えでした。

あなたが注いでくれた愛情ややさしさに比べて何の親孝行もできずにいる自分を恥ずかしく思いますが、何とか少しでも世の中の役に立つ生き方をして恩返しをしたいというのが今の気持ちです。

隆太郎も佳子もいっしょに仕事をしてずい分

成長しています。小さいころあなたにかわいがっていただいたことを彼らも忘れていないようです。今年は庭の梅の花がたくさん咲きました。ぼけの花も美しく咲いています。あなたが見たらきっと喜ぶだろうにと、毎日妻と話をしています。

病気の方はずい分回復して、少しずつ仕事もできるようになってきました。そのことをお伝えしながら心からの感謝の心をささげたいと思います。あなたの子供に生まれてよかった。生み育ててくれてありがとうございました。ありがとうございました。

この年になってみると、親のありがたさ、家族の大切さが身に染みて分かります。

父さん母さんに受けた愛情を忘れずにくり返し思い出しながらご恩返しの人生を歩くのがこれからの私のテーマです。

どうかこれからも見守っていてください。

病気になって不自由な身となり、これも私の修行のひとつと思っています。

病気を受け入れ、日々感謝しながら生きていくことが修行になるのでしょうか。

道に迷ったときにはお導きください。

天からの声に耳を澄ませています。

何よりも私の心の中には父さん母さんと過ごした豊かな思い出があります。何よりの私の財産です。

文三おけさは私の子守歌

村田　しげ子
〔東京新潟県人会女性委員会
東京相川会副会長〕

圧倒的な声量とまれに見る美声で佐渡おけさを世に広めた功績で、祖父村田文三は昭和二十八年十一月三日文化の日に、相川町（現佐渡市）名誉町民第一号となりました。そして昭和三十年十月、東京神田共立講堂において開催された日本民謡協会、読売新聞社主催、並びに文部省後援による第六回全国民謡、舞踊コンクール大会に出場。〝佐渡おけさ〟が見事に第一位の成績を収め、文部大臣賞を獲得しました。この時から、一人娘だった母の経済的負担、私の家庭的な寂しさが始まったのです。

祖父が〝佐渡おけさ〟をうたう芸人なら、母はそれを支える大きな内助の芸人でした。何しろ祖父文三は、常にお金の稼げるプロの歌手を嫌い、日程に縛られないアマチュアの歌手であることを好んでいました。佐渡おけさが有名になるまでの道のりがいかに困難であったかは、私には分かりません。しかし母笑子はその名のごとし〝笑〟そのもの、本当に底抜けに明るく、とてもユーモアがある人でした。母の笑顔は世界一、みんなに明るさを与えてくれました。

人生には思いがけない仕掛けがいっぱいあります。しかし母はどんな仕掛けにもみんなを包み込んでくれる温かさと、優しい芯《しん》の強さを持っていた人でした。父文三を支え、生活を支えながらも悲しみ、苦しみを胸に納めて決して人に涙を見せることはありませんでした。「お父さんが〝佐渡おけさ〟をうたっている時はとても幸せだ」と、母はよく言っていました。大変な時期が何度もありながら、母はその父親の幸せをどんなことをしても守ってあげたかったのでしょう。うたっている祖父も、また聞いている人たちも、心の中はきっと平和であり、安らぎで満たされていたと私は思います。

そんな父（文三）と娘（笑子）の別れが来たのです。祖父が他界しての悲しみは到底耐えられる気持ちではなかったでしょう。あまりの悲しみに涙も出ないようで、顔面からは血の気を失って生気の全くない顔でいたことだけは今でも思い出します。

やがて盛大な葬儀が終わりホォーと一息している母を見た時、悲しいというよりも、これから〝佐渡おけさ〟はどうなってしまうのだろう……という不安、祖父の死と一緒に佐渡おけさを失ってしまうような悲しい顔で下を向いていた姿が今も目に浮かびます。

しかし、いつも健康で病知らずの母とも三年前に別れを迎えました。

〝お母さん!!　川口の自宅の庭で長い間元気に毎年咲き続けていた佐渡のシャクナゲ、貴女《あなた》が逝ってしまったあの年から、もう咲かないんですョ、きっと大好きな花だったので天国に一緒に連れて行ったのですネ〟

昭和32年、佐渡相川の自宅で、母(中央)と筆者(手前)

楽しかった思い出とともに、祖父との十四年間、母との六十三年間は、私にとって期間限定のかけがいのない家族という宝として心の中に輝

いています。多くの出会いがあったのも祖父と母との強い絆《きずな》によるものと感謝していま
す。

もちろん〝佐渡おけさ〟は、どこで聞いても懐かしいのですが、いろいろなうたい方があります。私はにぎやかな〝チャンチキおけさ〟よりも、静かな晩に遠くで静かに聞こえる海鳴りのような情緒あふれる〝佐渡おけさ〟を耳にした時は、本当に胸が熱くなり、涙がこぼれてきます。そんな大好きな〝佐渡おけさ〟、あの懐かしい村田文三節、まさに私の子守歌だと思っています。

その歌声をいかに世に残すかが、母の晩年の最大の課題でした。託したのが郷土史家の故磯部欣三先生と佐渡汽船にお勤めだった大谷公一さんです。両氏の協力で村田文三一代記ともいえる小沢昭一氏ナレーションのNHKラジオ番組「佐渡おけさ海を渡る」をカセットに録音し、多くの民謡団体・民謡愛好家・公的機関などに聞いていただきました。その後、佐渡汽船ではカーフェリーの中で流すおけさは本家本元の文三節でなければと、今も祖父の歌声を流してくれています。

母笑子は、これを見届けると文三のおけさを残せると大変喜び、安堵《あんど》するかのようにし

て平成十七年に八十三歳で祖父のいる天国へ旅立ちました。

さらに平成十八年には元東芝ＥＭＩの名プロデューサー佐藤方紀さんが「美空ひばりに匹敵するこの文三節の歌声を、貴重な文化・芸術として後世に残すべき」とレコード会社や昔のレコード盤愛蔵者を全国に訪ね奔走してくれた結果、文三の没後五十周年記念として、ビクター伝統文化振興財団から祖父の歌をＳＰ盤から収録した三枚組ＣＤ「村田文三全集」が発売されました。

人の心に残る佐渡おけさを多くの方々にいつまでもうたい続けていただきたいし、郷土芸能研究保存のため、これからも発展させてくださることを心から願っております。

母笑子も天国できっと、大喜びで多くの協力者に感謝し、ありがとう、ありがとう、と満面の笑みを浮かべていることでしょう。

骨を噛《か》む

春日　寛
（弁護士
東京新潟県人会副会長
立正大学名誉教授）

私を産んでくれた母は、私を産んでわずか四十八日目に亡くなっている。昭和十一年八月五日のことである。十日町新聞の復刻版に母は「産後の肥立ちが悪く、精をつけるようにと親戚《しんせき》からいただいた鰻《うなぎ》と梅酒の食べあわせで死んだ」とある。産後の肥立ちとは、つまり私のせいでもあるので、この記事を読んだとき初めて私は申し訳ないことをしたと思った。母と同じように鰻と梅酒をとった祖母も母の亡くなる二日前に亡くなっている。婿に来た父は鰻にはありつけなかったらしく、無事であった。そこで私は里子に出されたが、幸い父が再婚をしてくれたので、里親から連れ戻されて継母《ままはは》に育てられることになった。

四、五歳のころであったろうか、家の階段の五段くらいのところに座っていると、八歳上の兄が階段の下の方から「ヒロシの母ちゃんはままははだ。お前を産んだ本当の母ちゃんは死んだんだぞ」と声を投げかけてきたのが、私が継母という言葉の意味を知った最初である。

こんな時、つまり母が生母でなく継母であるということを知ったときの心情を書いた作品はたくさんあるが、私の場合に関していえば「だからどうだっていうの」の一語に尽きる。今にして思うと、私の兄姉たち（生母には八人の子供が生まれ、私は末っ子である）が私に「母ちゃんは継母なんだ」と言う時は必ず母に叱《しか》られた時である。「ホントの母ちゃんはあの星の中に居る」と夜空の星を指差して兄姉たちが私にわざわざ教えてくれることもあったが、必ずこのときの兄姉は母に叱《しか》られたあとであった。

継母には子供ができず、それだけに末っ子の私をことのほか可愛《かわい》がってくれた。

後年私の無二の親友であるN君のお母さん（この方もN君の継母である）から何かの折、「Nさんがチフスになった時、もしNさんに死なれたら、継母だから殺したと世間から言われるから必死に看病しました」という述懐に接したことがある。私も母との間で全く同じ経験があったことを突然その時思い出した。

私は今でこそ丈夫な方であるが、小学校（国民学校）に入るまではいつも枕屏風《びょうぶ》に囲まれて、枕元には酸素吸入器と薬瓶《びん》があった。肺炎だけでも二度やっている。そのどちらかの肺炎の時、脈も止まっているのに、お医者さんにもう一本カンフル注射を打ってほしいと頼み込んだのは母であった。お医者さんはダメモトぐらいの、ただただ母の頼みに応えるという、そのことだけの気持ちでカンフル注射を打ってくださった。そうしたらまた脈が動き出したというのである。

この話を私にする都度、母は口癖のように「継母だから死なせたと世間に言われたくなかった」と。私もN君も母が継母であったおかげで今あるわけである。ありがたいことである。

四十二歳の厄年の時、父が八十三歳で亡くなった。何かの折、実家で母に「厄年なのにどこも悪いところはないみたい」と言うと、母は「ジジちゃんが亡くなったのが最大の厄年なんかね」と言った。

その年の十月、姪《めい》が三条で結婚式を挙げるということで、そこに行く途中実家に寄った。母は父の形見ということでお召しの古着を仕立て直しており、私に着てみなさいと言う。

私は普通ならコメンドウなことだと思うのであるが、その時は不思議に素直な気持ちで仕立て直しの父の古着に手を通し「丁度《ちょうど》いいみたい」と言った。その時の母の顔はスコブル嬉《うれ》しそうであった。ところが、その日から四日目、母は心筋梗塞《こうそく》で亡くなる。

銀座のビルの七階にあった事務所で仕事をしていると、ガラス窓を叩《たた》く鳥がいる。セキセイインコである。窓を開けるとセキセイインコは部屋の中に入ってくると机に積み上げられた書類の上にまさにそこが自分の止まり木のような顔をして止まった。不思議なこともあるものだと思っていた時、姪から涙声で「ババちゃんが危篤、早く帰って来て」と電話が入った。自宅に「黒の上下と鳥カゴをもってくるように」と電話し、事務所に届いた上下を携えて上野駅に走った。十日町に着いた時、母は既に亡くなっていた。

茶毘《だび》の時である。二人で長い箸《はし》を差し出し骨を骨壺《つぼ》に入れる。そんな動作を繰り返していた時、どうしたことか、私にはその時の気持ちをいまだに説明できないのであるが、私は小指の先くらいの骨を一人で挟んで口の中に放り込んでしまったのである。前を見ると三条で結婚式を挙げたばかりの姪がとんでもないのを見てしまったというように目を大きく開いて、キョトンとしている。私はその姪に「味はないもんだね」と言って口に放り込んだ骨をジャリジャリと噛んでそのまま飲み込んでしまった。その姪以外にはこのことは誰にも気づかれなかったようであるが、この時の私の気持ちを説明する言葉を私は知らない。多分衝動的という言葉はこういう場合に使うのであろうか。

ただ、噛んで飲み込んだ時じわじわと、これで私は母と一体になったのだなという不思議な感慨が体中に満ちてきたのを憶《おぼ》えている。

想《おも》い出

内田 勝男（元大関豊山）

終戦から少し日がたったころのこと、私にはいまだに忘れられない怖い記憶がある。

母が大事な話があるからと、家族全員を集めた。

年老いた祖父母、昭和四年生まれの長男、六年生まれの姉、九年生まれの二男、十二年生まれの私と、十六年生まれの弟。

話は次のようなことであった。

アメリカに敗《ま》けたので、役に立たない老人は殺され、女は連れて行かれ、手込めにされ、男は連れて行き強制労働をさせるということであった。

畜生の手にかかって一家がバラバラになるより、俺《おれ》の手でお前たちを殺し、後を追うから覚悟してくれと言うのである。

二男は死ぬのは怖くねが、死ぬ前に腹いっぱい白い飯が喰《く》いたいと言い、おふくろが、わかったわかったと言ったことをはっきり憶《おぼ》えている。

以上のことは私の記憶にあったが、書いているうちにどうも何かが抜けているように思えて前に進まない。

田舎の兄に電話で確かめたところ、次のことが抜けていた。

それは、祖父母がお前たちばかりでなく、年寄りを先に殺してくれ、と言ったというのである。

おふくろは、そんだねす、おまいさ方を置いていくはずがねがねすと言ったという。

父嘉助は、私が生まれて間もなく出征するが、村人に送られ、歩き出してから引き返し、丈夫に育てよと、頭を撫《な》でて行った。

生きて還《かえ》れるとは思っていない様子だったそうだ。

父嘉助は、千葉の津田沼から出征し、一度帰還するが、鉄道第九連隊で、十八年三月二十五日、泰国《タイ》で亡くなっている。

中学を出た私は昼、新発田のスポーツ用品店で働き、夜間高校に四年間通った。

家に帰るのは夜十時ころになる。しかし母のおかげで一度も冷めた風呂に入ったことがない。

父の存在を知らずに育ったので、母から聞かされることが私たちの心の寄りどころでもあった。

お前たちの父親は村人からも好かれ、人望もあったんだよ、またお前が父親に一番似ているともいい、村人も「勝男さ」がおやじさんそっくりだとも言った。おそらくこんな顔をしていたのだろう。

母が嘆き悲しんでいることがあった。それは戦病死は靖国に祀《まつ》られていないというのである。

母はそれを確かめることをあえてしなかった。現実と向き合うことが怖かったのかもしれない。

私がお世話になった日本相撲協会は毎年桜の時季に靖国神社の御霊《みたま》に相撲を奉納し、国の安泰を祈っている。

理事長職にあった時、宮司さんにご挨拶《あいさつ》する機会にも恵まれた。

「実は」と事の次第をお話しすると、御祭神としてお祀りしてあるといい、奉納が終わって帰る私に一通の書状を渡してくれた。無論、急いで田舎に帰り、亡き母の仏前に供えさせていただいた。

一、階級　　　　陸軍伍長
二、所属部隊　　鉄道第九連隊
三、死没年月日　昭和十八年三月二十五日
四、死没場所　　泰国
五、死没時本籍地　北蒲原郡五十公野
六、死没時遺族　（妻フジノ）
七、合祀年月日　昭和二十年四月二十四日

父と母が丈夫に生み育ててくれたおかげで相撲という日本固有の文化を学ぶこともできた。

また多くの人たちとの交流のおかげで、バンコクに日本人納骨堂があり、高野山真言宗より管理僧が派遣されていることを知った。

日本軍によって建設された泰緬《たいめん》鉄道の犠牲者を毎年春の彼岸ごろ、当地の日本人会の方々が法要をしてくださっているという。

昨年、実家の米と、父も飲んだ井戸の水を持参してバンコクを訪れ日本人納骨堂に供えさせていただいた。感謝。

前略　父上様

日下部　朋子
〔ジェイクラブ代表
イベントプロデューサー〕

彼岸《あちら》の暮らしはどうですか。ちょっと遅れて逝ったお母さんと仲良くやっていることと思います。

思えばお父さん、あなたと共に暮らしていたのはわずか十八年。十九の春には早くも私は東京で一人暮らしを始めていました。あなたと二人で下宿の下見に行って、大家さんの「ウチは男子禁制ですよ」の言葉を聞き安堵《あんど》した表情を見せたことが懐かしく思い出されます。

そのころの私は両手に抱えきれないほどの希望に燃え、生意気にもたかだか十九の分際で、将来は世の中に少しは聞こえるような人間になりたいなどと、これからの未来を想像するのに忙しく、末娘を都会に送り出すあなたの不安や寂しさを思いやる余裕はありませんでした。

いよいよ東京へ向かうという日の朝、送らなくていいからと、一人で新潟駅へ向かう私の背中をどんな気持ちで見送っていたのかと思うと、今でも胸が熱くなります。特急「とき」の車窓から眺めた蒲原平野のはさ木の風景が淋《さび》しげに見えたのは、あなたの心情が伝わったからでしょうか。

そんな幼い覚悟を胸にひたすら突っ走る危なっかしい娘を、きっとあなたは新潟の空の下から、何年も何年もハラハラしながら見守っていてくれたのでしょう。

でも、独り立ちしてみて初めて分かったこともあります。大学に通い就職をし、恋をして伴侶を得、会社をつくり資金繰りに追われ、挫折も経験し、迷いながらも生きていく中で、あなたの三つの言いつけを繰り返し思い出していました。

㈠ 遅刻してでも朝飯は食え！

㈡ メシは残さず食え！

㈢ 他家への訪問は二時間以内に切り上げよ！

「遅刻してでも」とは学校関係者から怒られそうですが、健康の基本はきちんと食事を取ること、人生のどんな事業も健康あっての物種という考えを叩《たた》き込まれました。結核と闘ったあなたの切実さを感じます。近ごろ話題の「食育」の考えも先取りしていましたね。

「メシを残すな」は、「お百姓さんの苦労を思えば食べ残しはあってはならぬ」という言葉とセットで語られました。食事の作法の真意は、生産者へ思いを馳《は》せること、そして感

1960年ごろ、新潟市鍛冶小路の自宅書店の前で、父(奥)と筆者

謝の気持ちを大切にすることだと教わりました。この生産者の存在を意識する習慣は、物事の背景や経緯を深く考える習慣となり仕事をしていく上で大きな助けとなっています。

そして「二時間以内」は、当然、長時間居座られたら先方のご家族には迷惑なことで

すが、単に訪問のマナーのことだけではなく、どんなに親しい仲でも、いえ、親しい人に対してこそ気遣いや配慮が必要なんだということの例えでしたね。人間関係を何よりも大切にしたあなたらしい警句です。おかげで大切な友人たちを失わずにいます。

大正生まれの頑固オヤジの典型のように口数の少ないあなたは、普段ほとんどうるさいことは言いませんでしたが、この三つの言いつけだけはよく聞かされたものです。

「強くあれ」「深くあれ」そして「優しくあれ」。

あなたの翼の下から離れてみて、この警句の深さに気が付いていったのでした。

今の私がイベントプロデューサーなどという、魑魅魍魎《ちみもうりょう》が徘徊《はいかい》する世界でどうにかスジを曲げずにやっていけるのは、この教えのおかげかもしれません。私にとって今でも大切な「オヤジ憲章」です。

一緒に暮らした十八年。無骨で無口で無限大な愛情をたくさんいただきました。ただ、気が付くのが遅かった。一九八八年、大正に生まれ昭和を見届けるように逝ってしまったあなたの葬儀の時、失ったものの大きさが胸を襲い、言い表せない喪失感に立ちすくんでしまいました。それは肉親を失った哀《かな》しみとはまた違う、深く切ない悔悟を伴っている

「痛さ」ともいうべきものに刺し貫かれていました。「まだ早いよ。まだ恩返しをしていないのに…」と心の中で叫んで唇を噛《か》み締めるしかなかった。その日のお天気や弔問の方々の記憶もないほど混乱していました。

「お父さん、ごめんね…」。

その時から私の中で、あなたとふるさと新潟がイコールになりました。私を育《はぐく》んでくれたあなたが愛した新潟を私も愛したい。ふるさとの役に立てたら嬉《うれ》しい。そうしたらきっとあなたも喜んでくれそうな気がしています。

今私の手の中に一冊の歌集があります。

文学好きが高じて、とうとう新潟の街角に小さな書店を営むことを選んだあなたが、日々の暮らしの中で書き留めた句歌の数々。その中に、私は確かにあなたの娘だったという標《しるし》を見つけました。

語るべき言葉あふれて出発に
「達者」のひとこと吾子《あこ》の背にいふ

茄子《なす》漬けて帰省の娘待つ土用かな

妻もわれも忘れおりたる誕生日
都の吾娘《あこ》の電話に声挙ぐ

また、時々手紙を書きます。ありがとう。お元気で。かしこ

平成二十年皐月　　あなた似の頑固な娘より

父の背中

藤井　直美（声楽家）

父の背筋はいつも堅固で美しくもありました。子供のころからいつもしゃんと伸びた父の歩く姿や机に座っている姿勢を見て、友達のお父さんよりもかっこいいなと思っていたくらいです。まさに「颯爽《さっそう》」という感じでした。仕事も遊びも付き合いも手抜きなく全力投球であった父の帰りはいつも遅く、一緒に食卓を囲む回数は世の中の平均より少なかっただろうと思います。

高校受験の面接で、「あなたの尊敬できる人は誰ですか？」との質問に、「尊敬する人は父です。理由を具体的にうまく説明できないのですが、父の存在・姿が他のどんな歴史上の人物よりも尊敬できます」と答えたのを鮮明に覚えています。

大学卒業を控えたころ、父から「君は音楽大学を卒業して、これから先の人生、何を目標として仕事をしていくのか。確信がないならば就職活動をして一度きちんと勤めに出なさい。社会人として知らなくてはならないことが山ほどあるから。何があっても三年間は勤めなさい。会社を辞めてでもやりたいことがはっきりしたら、もう一度話を聞こう」と言われ、何の反論もなかった私は通算四年間の会社勤めをしました。

その四年間は、社会勉強はもちろんのこと、「音楽家」としての自分の素材を客観的に見つめ直し、人生を「音楽家・声楽家」として邁進《まいしん》するための良い準備期間になりました。四年目に、私は自分の決心を長々と手紙にしたためました。それを読んだ父は、翌日の夕食時に「自分の人生のために頑張りなさい」と一言だけ声をかけてくれ、声楽家の道に進むことを理解してくれたのでした。しかし、音楽家としての結果はなかなかはっきりとした形では見えづらく、時々に父はしびれを切らして、「やらせてよかったものか…」と母にこぼしていたようです。

会社を退職して六年経過したころ、私はあるオペラのオーディションに受かり、主役を歌う機会に恵まれました。

父がどのくらい喜んでくれたのか…私に直接見せることはありませんでした。ただ、本番当日の会場で私のお客さまに満面の笑みで握手をして回っていたと後に友達に聞かされました。子供に見せない親の愛情のなんと大きなことでしょうか。翌年、再び恵まれた主役の舞台を観《み》に来てくれたころには、父は以前からの病気が進行しており、事実その日が最後の外出となりました。

「晴れの舞台は最高の親孝行だよ」と家族・知人から慰められました。

最近、同業の友人から「あなたの生き方と姿勢を見ていると、お父さんに習ったな、と思うよ。お父さんの背中を見ながら多くを学び、そのお父さんを尊敬してきたんだね」と言われました。

私は子供のころから「父の背中」を見て、父の生き方を尊敬し、そして父を心から愛してきたのだろうと思います。そして、これからも人生の中で「父の背中」がふと見える瞬間があるのではないかと思います。近づいたかと思うと遠ざかる、これが「父の背中」なのかもしれません。

私の知る父の人生の後半は、故郷・佐渡島の先輩でもある勤務先の社長の「人柄」と

2003年ごろ、会食の席にて父（左）と筆者

「経営理念」に魅了されたようでした。社長を支えながら会社を大きくしていくことに邁進している父は、子供のように目を輝かせ、寸暇を惜しんで力を注ぎ、生き生きとしていました。また、社長との出会いを機に、郷土会等のさまざまな会合にも参加していました。社長からいただいた信頼を裏切ることなく、社長を心から信頼して、思う存分仕事に挑戦できたのだと思います。父のプライドと、社長への、会社への愛情は家族にも手に取るようにわかりました。多くの方々に惜しまれての旅立ちは、見事と褒めてくださる方もおられます。

そんな父に先立たれた母は、祖母に似た気丈な女性です。私の夢や希望を大きな心で受け入れてくれ、常に近くで励ましてくれました。人生の選択時にいつも勇気をくれた母には、父とは違った意味でとても感謝しています。これからは父の分も母に親孝行をしていきたいと思っています。

最後に、ご紹介させていただく父とのツーショットは、ある会食の席での一枚です。このような表情の父との写真はこの一枚のみで、宝物といっても過言ではありません。

虹の母

渡辺　恵美
〔池坊華道教授
東京新潟県人会常務理事
東京両津の会会長〕

蒸し暑い夏の昼下がり、雨が通り過ぎた両津港を出航する「おけさ丸」の船上で、私は岬の灯台の真上にかかった大きな虹が目前に押し寄せてくる光景に出会いました。「おけさ丸」で灯台の大きな虹の橋をくぐりながら、私は家族に「この虹はおばあちゃんが〝ありがとう〟と言って見送りにきているのよ」とふと口に出しました。

その年の四月、病に倒れた私の母は入院生活の後、自宅療養をしておりました。母の看病のため、子供たちの夏休みと同時に佐渡へ帰っていたのです。

それからおよそ一カ月、床に就いていた母は、夏休みの終わりには帰らぬ人となりました。葬儀を終えて帰る時の、虹の橋は母との永遠《とわ》の別れの思い出です。

その夏の経験は、小学三年生の長男、小学二年生の次男にとっても、人の生死のありようを目の当たりに見た貴重な体験となりました。

母は、布団の中で横になっていても時間になると孫（私の子供たち）におやつを手渡し、孫たちの喜ぶ顔に満足していたり、薬を飲む時には孫たちに水を持ってくるよう頼んだり、時には子供たちもその日の出来事などを報告し会話をして楽しんでいました。そんな日々を経て夏の終わりには、人の死という現実に直面したのです。

後日、次男が友達との会話の中で、「人間は死ぬと白い着物を着て、木の箱に入れられて焼かれるんだ」とか、「煙突から白い煙が空へ向かって消えていくんだよ」とか、「白い骨になってから、小さな箱に入れてお墓に持って行ったんだ、もう人は帰ってこない」と真剣な顔をして話している姿を目にし、テレビゲームの世界と、現実との違いを理解したのかなと思ったものです。

夏の暑い最中、来る日も来る日もオムツの交換、食事の世話、洗濯はしてもしても追いつかないほどの量、今で言う老人介護という厳しい経験をいたしました。

そんな日々の中で、疲れ果てた体を横たえ、ふと目にした新聞の中の一行が、私の目に留まりました。

『鎌倉より京へは十二日の道なり、それを十一日余り歩みを運びて今一日になりて歩みをさしおきては何として都の月をば詠《なが》め候べき』

これは、仏法の教えの中の一行です。その昔、私がくじけて弱音を吐くと、母は私によくこの一行を口にして注意をしていました。

私は、母の看病をする義姉のご苦労を見かね、子供たちの夏休みの間は手伝いに行きますと言って看病に来ているのに、こんなことがいつまで続くのかと、不満と焦りと疲れから、自分に弱音を吐いていることを恥じました。

せめてこの期間だけでも、さんざん母にわがままを言い、母を悲しませてきたことを詫《わ》びなければ、感謝の気持ちを込めてそれまでの償いをしなければと、あらためて自覚し反省をいたしました。

それからまもなく、母は大好きなコーヒーを母の弟である叔父さんに飲ませていただき静かに永遠の旅立ちとなりました。

台風の影響を受けた強い雨風の中での通夜と葬儀を無事に済ませて、我《わ》が家へ帰宅する日に「おけさ丸」の船上で目にした見事な虹は、今でも「かあちゃんの虹」と信じてやみません。

四十歳で未亡人となり七人の子供を育てあげた明治生まれの母を心より尊敬し、誇りに思います。

降りてくる言魂《ことだま》

橋本　昌子
〔NPO法人佐渡の福祉
〝ゆい〟理事長〕

お父さん。あなたは七十三歳で亡くなる寸前の十日前まで体力・知力の限界に挑んで原稿を書き続け、葬儀は無用の遺言をのこしてあの世に旅立ちました。しかし、遺言通りにはなりませんでした。あなたが大切にしてきた多くの方たちが「友人葬」として広い佐渡会館で、八十年ぶりに三人の巫女《みこ》たちが神楽《かぐら》を舞い、神主が祝詞をあげての葬儀になりました。

父佐々木勇の実家は相川鹿伏の大神宮神明神社(伊勢神宮系)。この家が近江国佐々木六角本家の子孫と証明したのは、元和四年に佐渡奉行であった鎮目市左衛門惟明。神祇官領から近江守を拝領させている。近江守の仕事は坑内で巫女とともに坑夫とその家族たちの安全祈願をすること。

　母は新潟に近い越後の庄屋の八番目の娘。八歳で父を信濃川の治水工事中の事故で、十歳で母を亡くした甘えっ子。勇とは八歳の開きがあり、妹のように可愛《かわい》がられ最期まで恋人のようだった。

　父は、三十二歳ころまで京都で松竹映画の脚本家として活躍中であったが、プロダクション設立の寸前に仲間の一人に資金を持ち逃げされた。実家の財産の一部を穴埋めにと当てにするも、佐渡でも名ある医者の娘だったお嬢さん奥さんだった母親が盲目となり、お人よし過ぎて他人にだまされのくり返しで実家も火の車。当時は長男が家を継ぐのが当たり前の時代。一時帰郷のつもりが盲目の母の介護と実家の借金返済で、とても京都に戻れなくなってしまった。そこで泣く泣く佐渡汽船に就職した。

　父の告別式の夜、父の知人がしみじみと「佐々木さんは京都時代の仲間の多くが超有名人になっていく姿に、京都に帰りたかった…と何度か私に後悔の弁を述べました」と語ってくれた。父は、京都におれば、仲間のように功をとげ名をあげたのに、とどれだけ地団《じだん》太《だ》を踏んだことか。私は父の心根を思い慟哭《どうこく》した。中央での活躍の夢を妻にも子たちにも、男として声を大にして語れなかった父の無念さは察するに余りある。

佐渡で一生を送ると決断してから父の第二の人生が始まった。佐渡の観光振興を目指す三代目古川長四郎さんや松栄俊三さんら佐渡汽船の重役たちに可愛がられ、現在でも佐渡観光名所となっているドンデン山、二ツ亀、尖閣湾、相川金銀山など多くの開発を行った。そして日本映画の名作と言われる「君の名は」「喜びも悲しみも幾年月」「小林旭の渡り鳥シリーズ」「佐渡流人行」（作者の松本清張さんとは友人）など、昭和五十年代までの佐渡の映画を友人であった多くの監督たちとともに制作した。

父は一生を一日四時間の睡眠で送ったというくらい、佐渡島内はおろか全国の観光地を駆け巡っていて家には眠りに帰ってくるのみ。母も病気がちなのに今で言えばスナックを開き六人の子育てに奮闘。両親は、家にお金の余裕が無くても困った人が借りに来るとすぐにお金を貸した。時には私の授業料が払えなく、その貸した金の取り立てに行かされた。そのくらい家族よりも困った他人を大事にした。

私が大学に進学した年に作家の今東光先生が新潟日報の仕事で新潟に来た。京都時代の親友佐々木勇が佐渡にいると聞き、直《す》ぐに佐渡へ。今先生は、父と旧交を温め、一晩中しゃべったという。その中で「六人の子持ちとは大変だろう。俺《おれ》は子無しだ。一人養女によこせ」と言われたとのこと。父は手紙と名刺を私に渡し「忙しいので一人で（今先生のところに）行きなさい」という。私は頭に血が上った。自分の才能の無さは知っていたし、どのような縁や関係の深さがあっての話なのか、何の説明も無かった。父に腹を立てて破って捨ててしまった。父は何も言わなかった。

さらに父は私の就職先として、テレビ朝日創設期の社長山中貞雄さん（脚本家・監督・友人）と松竹映画幹部宛《あ》ての手紙と自分の名刺を私に渡し、「一人で尋ねなさい」のみ。田舎のポッと出の若い娘にはきつすぎる修行方法である。私は学生時代のアルバイト先の読売映画社の企画・演出部に誰に相談もせず就職した。

高校を卒業してから四十年ぶり、平成十二年に佐渡にUターンした。そこで磯部欣三先生より瀬戸内寂聴先生の世阿弥題材『秘花』の取材とご講話の手伝いをお願いしたいとのお話をいただいた。なぜと問うと、「お父さんには大変にお世話になった。佐々木さんが今先生と再会した時、私は立ち会いました。真の親友でありました。今先生のお弟子である寂聴先生を援《たす》けていただきたい」と。

私はあらためて佐々木勇を愛してやまない、友人葬を執り行ってくださった方々への感謝、天から降りてくる言魂に突き動かされ、佐渡に帰らざるを得なかったのだと知った。

私は佐渡に帰ってその疲弊に驚いている。三六％を超える高齢率はすべての産業に担い手不足をもたらし、新産業の創造を阻んでいる。仕事を生み出せない中での医療・介護・福祉の重荷は若い世代を佐渡から遠ざける。

私は父の望んだ修行はできなかったが、両親の姿勢、祖父母、祖先の天からの言魂に突き動かされ、平成十九年に「ＮＰＯ法人佐渡の福祉〝ゆい〟」を立ち上げた。今後の佐渡の生き残る道は、安心・安全・参加の「福祉の島・母の島」にすることだ。「福祉の島づくり」を始めてから、多くの救いを求める天からの言魂が降りてくる。感謝の黙祷《もくとう》から一日が始まる。

お母さん、ありがとう

中村　真衣
〔シドニー五輪女子背泳ぎ銀メダリスト〕

二〇〇四年春、東京辰巳国際水泳場でアテネオリンピック出場をかけて開かれた選考会。泳ぎ切り、電光掲示板を見たその瞬間、すべてが終わったと感じました。

結果は三位。オリンピック行きの切符を手にできるのは上位二人までです。「負けた。アテネに行けない」と、頭の中は真っ白で、思考回路がプツンと切れ、言葉も涙も出ませんでした。気がついた時にはホテルのベッドの上で号泣していました。

帝京長岡高校の二年生だった一九九六年に出場したアトランタ五輪で四位。二〇〇〇年のシドニーでは念願の銀メダルを手にし、次のアテネに向けては当然のように会う人会う人に「真衣ちゃん、次は金メダル」と言われ、周囲の期待は高まっていました。「金メダルを取りたい」という自分の気持ちはどこかに隠れ、金メダルを取ることが義務のように感じられました。

選考会で負けて「もうこれで誰からも期待されなくて済む」と思う自分がいる一方、多くの皆さんの応援や期待に応えられなかったことの重大さがドカンとのしかかってきました。

「シドニーでやめておけばよかった。シドニーでメダルなんか取らなかったらよかった――」。何とも切ない気持ちになり、選考会が終わっても長岡に戻れませんでした。ただただボーッとしているだけの日々を過ごし、周りから慰められるほど、さらに落ち込む自分を情けなく感じていました。

そんなとき、母から一通の手紙をもらいました。「私もじいちゃんもばあちゃんもショックは隠しきれません。もちろん一番ショックを受けているのは真衣ちゃん自身であることは重々承知しています」と私の気持ちを思い測り、「つらかったでしょう、よく頑張りました。ご苦労さま」とねぎらいの言葉をかけてくれました。「またいいことがあるように」と祖母と二人で地元の平潟神社にお参りに行ってくれたことも書いてありました。

海外遠征で思った結果が出せなかった時に、母からメールで「いい時もあれば、悪い時もある」と返信をもらい、「ママはいつもそればっかり」とすねてしまったのですが、手紙の中で母は「弱音を吐くな！　悔しかったら勝ってみなさいよとは言えない。ママだって遠く離れた外国で一人で苦しんでいる真衣ちゃんのことを思って布団の中で泣きました」と胸の内をつづっていました。

また、あるマラソン選手が「世界選手権に再び出場できて本当にうれしい」と喜んでいたことに触れ、私がアトランタ五輪に出場できたことだけで「うれしい」と言っていたときの気持ちに戻り、世界のひのき舞台が遠いこと、それに参加できる素晴らしさやありがたさを思い出し、夢や目標に向かって精いっぱい泳いだらいいと励ましてくれました。

母からの手紙は、迷っていた私の心に大きなインパクトを与えてくれました。春のアテネ選考会から約半年が過ぎていました。再出発するのに随分、時間がかかったけれど、頭に浮かんでいた「引退」の二文字を消しゴムで消し、「継承」の二文字を心に刻み、その年の秋、また泳ぎ始めました。

水泳選手として国体にも出場した母は「一人っ子だから友達ができるように」と私を水泳の世界に導いてくれました。私が幼いころ離婚して生活が楽でなかったのに、スポーツ選手に対して学費免除のない中央大学への進学も「シドニーでメダルを取りたいから」と固い決意でお願いすると、「絶対、留年しては駄目よ」と言って東京に送り出してくれました。世界のトップを相手に一分一秒の壁を突き破るのが苦しかった時も「母が見てくれている」と思うだけで頑張れました。

再び泳ぎ始めてから三年の間に日本選手権で優勝を二回し、世界選手権に二回出場できました。そして二〇〇七年三月、オーストラリア・メルボルンで開かれた世界選手権に臨みました。「これで最後にしよう」とひそかに引退を決意していました。結果は七位。でも、「思い残すことは何もない。ここまでよく頑張った自分を褒めてやりたい」と、そんな気持ちでした。

引退に関して後悔はありませんでした。体は肩や腰も痛め、満身創痍《そうい》だったので、むしろ長く世界のひのき舞台で活躍できた自分に達成感や喜びのようなものを感じました。

私が水泳で注目され始めた中学生のころから引退するまでの十三年間、母には金銭的な負担はもちろんのこと、精神的にもたくさんの苦労をかけました。今日の私があるのも母のおかげです。「感謝」の二文字で表現するには申し訳ないくらい、言い尽くせない気持ちでいっぱいです。

お母さん、ありがとう！

信仰心の厚かった母

北原　保雄
〔日本学生支援機構理事長
筑波大学名誉教授〕

母は今からちょうど二十年前、昭和六十三年四月十日に亡くなった。明治三十三年十一月十一日生まれだから、享年八十八、子供たち全員で米寿を祝った翌年のことだった。父は明治二十五年三月生まれで、昭和四十三年八月没だから、享年七十六、母よりは短いが、まあまあの天寿だった。おかげで七人の兄弟姉妹はそろって長寿。長姉が大正五年生まれで九十一歳、末子の私が昭和十一年生まれで七十一歳、平均年齢の高さを自慢にしていたのだが、その長姉が今年の三月に亡くなって平均年齢は大幅に下がってしまった。

裕福な家に育ち旧制女学校まで進んだお嬢さんが、事情あって早くに結婚し分家の豊かではない所帯を切り盛りして七人の子供を育てたのだから大変だったと思う。晩年よく苦労話を聞かされた。しかし、入院するような大病を患ったこともなく、特別心配をかけた子供もなかったのだから、まずは幸せな人生だったのではないか。よく覚えているのは、たくさんいる姉たちの縁談話が起きる度《たび》ごとの夫婦喧嘩《げんか》だ。口利きの仲人が縁談話を持ってくる。結構な相手でありがたい話なのだが、まだ上の娘を嫁がせたばかりで支度金の算段ができない。そこで、まだ年が若い、今はやれないだの、色よい返事をしたのはあなただ、お前だのと喧嘩が始まる。だんだん興奮してきて大変なことになる。末っ子の私は、三番目の姉のころから全部について付き合わされた。どこから金を工面してくるのか、結果的には、子供の目には立派に見える婚礼道具が整い、めでたく婚儀となるのだった。そのころのことを今思い出してみると、母の姿の方が鮮烈である。父はどちらかというと、おとなしく優しい人だった。母は他人に対しては丁寧で笑顔を絶やさなかったが、芯《しん》は強く、父との喧嘩では譲らなかった。堪《たま》らず父が手を上げることもあった。

母の神信心が深くなったのはいつのころからだったろうか。父は、昔はそれほどではなかったと言っていた。最初のころのことは私には分からない。確実なのは、兄が昭和十九年四月、甲種飛行予科練習生（予科練）に合格して、美保海軍航空隊に入隊したころのことだ。毎食、卓袱《ちゃぶ》台の兄の座っていた場所に額入りの写真を置き、食事を供した。当時出征した家ではどこでもやっていたことで、陰膳《かげぜん》と呼んだ。軍隊でお腹《なか》を空《す》かしているだろう、というのが母の口癖だった。陰膳は信仰とは関係ないが、そのころから、兄の武運長久、無事を祈るために、神様を拝む時間が長くなったように思う。

私の家には礼拝すべき神棚が五か所ほどあったが、特に床の間に向かい正座してお祈りをする時間が長くて丁寧だった。別に、天照皇大神宮のお札を中央に鎮守と各地の諸社を祀《まつ》った神棚もあるのだが、床の間に向かっての礼拝が最も長かった。床の間には普段はご神体もお札も祀られていない。だから、特定の神様ではなく、もろもろの神様をお参りするのだ。毎日朝だけお参りするのだが、朝ご飯の時間に食い込んで、みんなを待たせることもしばしばあった。年齢を重ねるに従って、その時間がさらに長くなった。子供だけでなく、孫、曾《ひ》孫の健康、幸せも祈ってくれていたのだろう。七人の兄弟姉妹の長寿もそのおかげだと思う。

鎮守の諏訪神社と富士山を祀る祠《ほこら》にも、亡くなる直前まで毎月一回必ず参拝していた。私も帰省する度に両社を参拝するように促された。兄が定年後に集落の長となり、鎮守の氏子総代を務めたときはとても喜んだ。例祭の終わった後に、神主が自宅に立ち寄り、握手をしてくれたときには、いつまでも手を洗わなかったと言って笑わせたこともあった。本当に、神様、神社、そして神主までが好きだった。

そういう母を見て育ったせいか、私も神を信仰する気持ちが強い。神を信じることは理屈ではない。心がすがすがしくなるのだ。旅に出ても神社があると参拝する。そしてお札をお受けして帰る。家には神棚があって、お厨子《ずし》の左側に祀る。もちろん右側には鎮守のお札を毎年頂いてきて祀っている。月に一度は新しい榊《さかき》をあげる。庭に真榊の木が植えてあって、そこから新しい枝を取ってきてお供えする。庭の榊といえば、八年ほど前のこと神棚に供えた榊が花立ての中で根を出した。それを上手に育てて、庭に下ろしたのが、今私の背丈を超えるまでに成長している。これは奇跡だ。まだ大切にしていてお供え用に切り取ってはいないが、まさに神木、わが家の宝である。

私は二歳のときに、風邪で熱があるのに種痘をしてこじらせ、半死状態になり、体が一時冷たくなってしまったという。医者は、小学校に入学するまでが勝負で、そこまで生きれば助かるだろうと言ったという。それが、この年齢に至るまで、健康に恵まれ、大過なく現役を続けることができている。私自身、それなりに健康に留意もし、仕事に努力もしたが、それだけではない。神のご加護があるような気がしてならない。そしてそれは母の信仰のおかげだと思う。

母の教えに思う

小菅　俊信
〔東京新潟県人会常務理事
東京浦川原会会長〕

わが日常生活のなかで、何げなく使っている言葉やしぐさにも、両親や祖父母、そして兄姉から受けた影響は無視できないものがある。

それは子供のころに家庭などで教え込まれた学習が生涯、身に付いているからだ。いわゆる「三つ子の魂百までも」といわれるように、子供にとって捨てがたいものになっている。

しかし、いまの子供たちは核家族化の中で、両親は仕事に出かけ、子供たちは保育園や幼稚園へ、さらに小学校へと進むケースが多く、両親や祖父母から受ける影響は乏しくなっている。子供にとって人生経験の豊かな両親、祖父母などによる訓話や躾《しつけ》などは、決して無駄ではないと思う。それは学校では教えない知識を直接教え込まれるからである。

私は物心ついてから少年時代、そして就職、結婚と過ごし、やがて子供が生まれて親になった時に初めて両親の人生訓や先輩の助言が思い出される。特に母の一つ一つの言動やしぐさが重く感じられた。

私の家は大家族（両親と兄弟六人）が同居し育ち成長した。筆者は兄弟六人中五番目で母から昔話や世間の常識を事あるごとに聞かされた。そのことは半世紀以上たった今でも鮮明に覚えている。中には故郷に伝わる伝説や奥ゆかしい教えも多い。

特にわが家は上越市浦川原区で伝来酒店（酒・食品・雑貨）を営んでいた関係で、人の出入りも多く、母は朝から晩まで働き回り、商売に追われ、店主、母親、女性として一人三役をこなし六人の子供を育てた。商いが多忙で子供とゆっくり会話したり、一緒に食事することすら少なかった。小学生のころ小学校から帰宅して今日一日の出来事や悩みごとを相談することもなく、かあちゃん　あの……と話も相談することもなく日々が過ぎていったことが悔やまれる。

昔から「親の背中を見て育て」という言葉があるように、日常の母の生き方を見よう見まねで育ってきた。その母も平成十三年八月十六日に享年九十九歳の生涯をえて、大慈《だいじ》を全うし黄泉《よみ》の国へと旅立った。

母より伝受された話は「村に残る伝説」や少女時代に過ごした「明治時代の荒廃した世相」「嫁に来て所帯を持った時の苦労話」などいろいろある。教えの中で常々言われていることは「人への心、気配り、思いやり」「人に対する親切さ」「商人としての商法」「人への如才なさ」「人に良くしておくと、自分に返ってくる」「苦労は買って出ろ」また、生活面では「無駄使いはするな」「物を大切に」「上見て過ごせ、下見て暮らせ」「体を大事に」などなどあり人生訓というより、一人の人間性を教えてくれたと思う。

1977年11月、旧浦川原村（上越市）の自宅で。子供や孫に囲まれる父母（前列）と筆者（最後列）

明治、大正、昭和、平成と

一世紀を一生懸命に生き抜いた母は、これらの時代が庶民にとって、厳しい経済（生活）環境になると予見し、そうした現実を子供に自らの経験と体験を通して説いたもので、特に物やお金の貴さを実例を挙げながら話して聞かせて実行させた。また、日常の生活の場でも子供に見せて自らも節約（倹約）を守り抜いてきた。

今思うと母の清冽《せいれつ》な言葉と行動の軌道は忍耐強く、勝ち気で頑固の反面、人情もろく、自分に厳しく、人に優しく、人への思いやりなどでは近隣の人々に慕われた、商才にも長《た》け一代で商売を大きくした。そして家族や子供に対し厳しい躾《しつけ》を教えてくれた母に万謝しながら、自分の人生を噛《か》み締めている。

母より受けた教えを自分の子供や孫たちに伝えていくことが母への恩返しであり、親孝行だと痛感する今日このごろである。

親を思う心

三條 和男（フレンド幼稚園園長）

維新の立役者吉田松陰の遺歌——

「親思う　心にまさる親こころ　今日の音づれ　何ときくらん」

まさに古今東西不滅の親子の愛情の結晶の古歌と痛感しています。

この世の中に生を受けたものは、人間はじめ動植物に至るまで親の愛情なくして育ったものはあり得ないと思います。

生に感謝して生きることこそ最大の親孝行であります。だから、その子が親に愛情を尽くすことは自然の理であり美しい姿であります。両親なくして子どもの生はありません。

親の恩は海より深く山より高いといいます。すなわち無限の恩情であります。

わが子が喜べば親も喜び、子どもが悲しめば親も悲しむ。まさに一心同体であります。

また、その愛情は常に代償を求めるものではありません。むしろわが子のために犠牲をはらってこそ愛情が成り立つものであります。

まことに物理的には計り知ることができない深遠かつ崇高なものであります。

私の母の思い出を披露させていただきますと、私の父は軍人で不幸にして私の生まれる前に他界してしまいました。それで母の手で育ったわけですが、幸い年齢差の大きい長兄が私の面倒を見てくれました。

母親は日常私を無理やりに仏壇の父の位牌《いはい》にお参りさせようとはしませんでした。それで普通の子どもと同じく伸び伸びと生育しました。もの心がつくまで長兄を父と思い、母はいつもの母と思って屈託なく育ててくれた母親の偉大さを今さらのごとく感謝しています。

私は、成長してからその恩に報いるべく努力をしました。しかし、内心母はきっときっと末弟の私のことを不憫《ふびん》に思い腹の中で泣いて笑顔で私を育ててくれたことでしょう。

私の少年時代は太平洋戦争の真っ最中で、長岡の大空襲にも遭い、疎開したり、戦後の食糧難、住宅難の中、よくこれまで育ててくれたことに感謝の念でいっぱいになります。

昭和17年６月、長岡市の実家のお寺の正門前で。母（前列左から２人目）、長兄（中央）、次兄（左端）と筆者（右端）

さて、今日の世相を見るとどうでしょう。

憲法では人権尊重をうたっていますが、核家族化、個人主義が先行し、家族の和、親子の関係が正常になっていません。こうした実情が生ずる起因はどこにあるのでしょう。

私が思うには、一口では片付けられませんが、戦後の復興において、あまりにも物質文化の発達が急速に片寄って進んだ結果、それに心の開発が追いついていけなくなったことだと思います。

すなわち、教育の面においていつの時代にも変わらない不易の面、人間としての倫理観、道徳力があると思います。また、一方においては、その時代、時代に対応していくべき学問、知識、技術が要求される流行の面があります。つまり、この不易と流行の調和が成立してこそ健全な社会構成、発展が望まれると思います。

私も現在二男一女の父親となり、子、孫に恵まれつくづく親の恩を肝に銘じております。今、私は子や孫に対してわが母に学んだことを伝えていこうと思います。すなわち、すべてに感謝の気持ちを持って愛情あふれる豊かな生活を営むよう努力していきたいと思っています。

このことが、私の最大の親孝行であると信じています。

耐え抜いた亡父、その無言の教え

國武　正彦
（元新潟県農業試験場長）

一九四五年八月二十五日、私は陸軍航空士官学校を中退し帰郷しました。東京から過ぎていく車窓の街はすべて焼き尽くされていました。福岡、久留米も跡形もなくなっていましたが、故郷の筑後八女にはまだ眼《め》に染みる緑がありました。国破れて山河あり。国の再建は農村からと思い、私が農学を志したのは、農家だったあなたが二十歳のころに記した殖産計画をたまたま目にしたのがきっかけでした。あなたの古机のなかにしまわれていた計画は「村はずれの荒れ地を青年会で借りて葡萄《ぶどう》園や茶園とし、早朝から正午までをその共同作業にあて、昼から夕暮れまで各戸の経営にあたる」というものでした。そこには、農村恐慌から村を守る強い意志がにじんでいました。

あなたの許しを得て、鹿児島農林専門学校の転入試験を受け、農学科二年に転入学。四七年卒業し、農林省農事試験場北陸支場に採用された私を、あなたは「長男だからと家のことを気にしないで外で自由に生きてくれ、大病でもしたときにはなんとでもする」と、送り出してくれましたね。

翌年六月には、九州支場に移り四年半、家から通勤し、あなたの農業に触れることができました。田畑の規模は集落一で、米麦のほかにブドウと茶を作っていたあなたは「うちのブドウは店持《たな》ちが良く（鮮度が長持ちすること）十倍の値になる」と教えてくれました。

五二年十一月、私は新潟県農業試験場に移り、五五年からあるコメの品種栽培試験に取り組みます。越南十七号、後のコシヒカリです。鮮やかな黄金色に輝く実りの姿が美しく、抜群の食味の半面、倒れやすくいもち病に弱いこのコメを、杉谷文之場長（当時）の「栽培法でカバーできる欠陥は、致命的欠陥に非《あら》ず」との決断の下、県奨励品種として世に出したのは五六年。杉谷場長に品種名の作案を命じられ、考えたのがコシヒカリでした。

年中色鮮やかな多毛作の故郷八女と異なり、湿田単作で色彩に乏しい新潟。その越の国に光り輝く稲をと願いを込めたものでした。

木枯らしが吹けば色なき越の国せめて光れや稲コシヒカリ

命名に寄せて詠んだ短歌です。

ところで、ササニシキとコシヒカリ、略してササコシ時代と言われた時期がありました。このとき、私は、「ササニシキは苗代で芽吹きが早いが米の味が夏落ちする。コシヒカリは、米が休眠して通年味が変わらず品持ちが良い」と主張し、この販売戦略で、新潟は強敵ササニシキを超えました。あなたのブドウの店持ちと同じ米の品持ちです。

しかし、そこに辿《たど》りつくまでには波乱がありました。コシヒカリを軸に、六二年四月から日本一うまいコメづくり県民運動が始まり、その技術指針を起案したのですが六六年、県は一転して多収穫路線にかじを切ったのです。東北系の多収品種が幅を利かせ、作りにくいコシヒカリは敬遠されました。多収穫路線に反対した私も干されました。

節を折れと求められしまま時は過ぐいまや栄達見限りて生く
天職と安堵《あんど》すべきか転進すべきか雪山嶺《みね》に輝く見つつ

あなたには黙っていましたが、私がどん底にあったのは、あなたがバイクにはねられて、農協組合長を辞め寝たきりになった時期と重なります。

六九年五月十四日。病床でも私の編著「稲作―品種にあった栽培法」を手放さなかったというあなたは私の夢枕に立ち「あとあとたのむ」と言いましたね。「チチシス（父死す）」の知らせを受け取ったのは、その直後のことでした。夢枕で聞いた言葉に導かれるように、葬儀のあと、私はあなたの遺品のなかに「踏まれてもなお踏まれても踏まれても忍べ花咲く春はくるはず」というメモを見つけました。これがあなたの若いときからの思いだったのですね。これで私は追われかけた新潟に踏みとどまる気になりました。

あなたが亡くなってすぐ、コメ余りで産地間競争が激しくなりました。新潟は慌ててまたうまいコメ作りにかじを切り直し、私も堂々と仕事をしました。そして、新潟はブランド米コシヒカリの産地となり、競争に勝ち抜くのです。二〇〇〇年にはＮＨＫプロジェクトＸにも出演し、関係者や村人たちから涙の祝福をいただきました。

コシヒカリは不死鳥のごと蘇《よみがえ》り村人たちは泣きてうなづく

「花咲く春はくるはず」。ともに苦難の時を耐えた人たちと喜びを分かち合いながら、あなたの言葉をかみしめたのでした。

安吾より、母系の女たち

齋藤　正行
〔新潟・市民映画館
シネ・ウインド代表
安吾の会世話人代表〕

父と母は、既に死亡している。

坂口安吾は、生きていることが全《すべ》て、死んでしまったらそれで終わり、生きている時が全てであるから一生懸命生きろと言った。その通りである。しかし安吾先生、私は、先生の死後あなたの著作物を知り、読み、先生の存在に影響を受けている者です。

新潟は、昭和三十九年六月十六日大きく揺れ、破壊された。

私は、その時大きく変わった。

東新中学三年生の時、グラウンドは、噴水が上がり、道路は、亀裂が走り、道端にお婆《ばあ》さんが、腰を抜かし動けない。港の方では黒煙が上がり爆破されたかのよう、新潟駅の跨《こ》線橋《せん》はドンと大きな音を立てて、停車している気動車を壊す。栗の木川を上流に向かって、大八車に家財道具を山のように積んで一家総出で逃げ出す。「津波が来る、新潟は全滅する」。津波の意味が分からない。父は帰って来ない。母と弟と三人。裏の線路の土手に三人で登る。誰かが「こんな所にいても津波が来たら波に飲み込まれて死ぬぞ」と叫ぶ。母は、泳げない。少年は、自分は死んでも母と弟は助けてやると決意する。死を覚悟する。暗闇の中で、高揚する。初めて、死を覚悟して恐れない自分に感動する。

何故《なぜ》、死を賭して母を助けようと健気《けなげ》に思ったのか。それは、それは、悪餓鬼《がき》で。まずは、弟が生まれれば弟をイジメル。自分の体には、母以外触れさせない。あげくに母の一張羅の着物を裁ちバサミで、下から上に切り裂く。自分で書いていて厭《いや》になってくる。笹口小学校に入学すると、先生の言うことは聞かない。それが、卒業の時、九十周年児童代表になったのは、母が学校に掛け合っていちいち先生たちに「本当は良い子、教え方が良ければ、勉強する」と談じ込んだおかげだと自慢していた。そんなに迷惑を掛けた恩ある人ならば、その人（母）のためならいっそ死んでもよいか。死んでやろうか。と思ったのに死は来ない。

そして私は、十五歳の春にヘソ曲がりになった。

昭和五十七年一月大雪の新潟に家族を連れて戻る。「安吾をやる」と呟《つぶや》く。二年間遊ぶ。

そして二年間第一印刷所に勤める。

生後百日記念、母（トミノ）と

そして「映画館を創《つく》る」と叫ぶ。毎晩毎晩父と母、妻と二人の娘の前で語り始める。決着が着かない。義理の母は、「マサユキさんなら大丈夫」と。最初に会った時、義父はどこの馬の骨か分からないような奴《やつ》とは「面会謝絶」という中、義母は二晩も泊めてくれて「だってマサユキさんはジュリーみたいに格好イイモン」と言うくらいの人なので何も心配せず。

阿賀野川の右岸の小さな集落胡桃《くるみ》山で寝たきりの安吾先生と同歳の丙午《ひのえうま》の祖母にも相談する。「好きなようにやればイイサ。神様、仏様に頼むなヨー。兄チャンだったらできるこてね」と悲しみが身の上に振りかかると、丙午の女だからと泣き沈んだ祖母が、ニッと微笑《ほほえ》んだ。そうして、三カ月目に入りそうな、皆辟易《へきえき》したころ、父が妻にこう尋ねた。「女房なんだから正業をやめさせず、キチンと反対しろ」と。妻は、「何となく最初に会った時から、変な人だと思っていたケドきっとこういうことをしでかす人かなと思っていた」と明確な反対の返事をしなかった。それに応じて、すかさず、「マサユキがお腹《なか》の中に居る時から本当は予感していた」と母が明言してしまった。さあ、それで永遠に答えの出ないと思われた家族会議は、一件落着。全くメチャクチャなお裁き。論理も計画も何もない。六人家族のうち、母と妻と娘二人は、賛成。私は反対というわけにはいかず。当事者なわけだし。父も多勢に無勢「他人様に迷惑を掛けないように」。

運良く昭和六十年十二月「新潟・市民映画館シネ・ウインド」船出する。父も母も生きている間、ハラハラドキドキどこに行っても頭の下げっぱなし。気の休まる暇がない。父は、いつも新潟日報を隅から隅までナメ回すように読んで私が何か悪い事をしでかさないか、否、しでかしてしまっていないか、熱心に赤線を入れ切り抜きをしていた。

その父が、平成十四年没。その三年後、十七年十一月一日その父の愛した新潟日報社より「文化賞」を貰《もら》う。母と母の妹たち一党を引き連れて晴れの表彰式に向かう。そんなに大勢のギャラリーを連れて行ったのは、前例がなくて日報社も困惑し、慌てて会場づくりをする。私は嬉《うれ》しさの余り、ご挨拶《あいさつ》に、父が生きていれば、親孝行できたのに、の想《おも》いから、つい「二十年もたって今ごろ、表彰するとは遅過ぎる」と言って顰蹙《ひんしゅく》を買う。

その丁度《ちょうど》一カ月後の十二月三日母も他界する。私を励ましてくれた祖母、母たちは今はいない。私の中に流れているのは、母系の女の生き方の大らかさ、無頓着さ、整合性のなさを受け継いでいると確信する。

こう考えてくると、安吾を読む前から、安吾以上の女たちと出会っていたのかもしれない。それを遠回りに分かるまでに、安吾を必要としていたのかもしれないと安吾先生の歳を遥《はる》かに越えて気が付いた。

かっかへ

林家 こん平（落語家）

中学を卒業して、突然落語家を目指して上京する、と言ったとき、「有名になるまで帰って来なくていい」と突き放すように反対した親父《おやじ》とかっか。

親元を離れて厳しい修行に耐えられたのは、その原点があったから。

「絶対に有名になって、親孝行するんだ！」と。

前座でお金がないとき、定期代を送ってほしいとかっかに手紙を書いたっけ。必ず恩返しする、と申し訳なさでいっぱいだった僕に、いつも手紙と一緒に送金してくれたかっか。心から感謝している。

『金曜寄席』（後の笑点）のレギュラーになったとき、真打ちになったとき、かっかの喜んだ顔、嬉《うれ》しかった！

そのかっかの最期、姉貴たちから聞いたよ。『笑点』を見終えた後に、安らかに旅立ったと。末っ子の僕を最後まで見守って、さよならを言ってくれた。そう思ったら泣けたよ。僕は今、多発性硬化症という難病と闘っている。つらい、もどかしい、でも「一番苦労した人間が一番幸せになる権利がある」。かっか、その通りだ。かっかが楽しみに、喜んで見届けてくれた『笑点』に、また、いつか、出れたらいいなあ——。

それができるまで、僕の親孝行は終わらない。

父に学んだ「自然との共生が育《はぐく》む人生の教訓」

高野　毅
（財団法人新穂農業振興公社事務局長、トキの野生復帰連絡協議会会長）

私が幼いころ、わが家の土蔵の隣にあった鶏舎には唐丸、尾長鶏、軍鶏、伝書鳩が飼われ、早朝の「混声合唱」は、それはにぎやかなものだった。母屋にオオコノハズクが住み着き、ヒナが巣立つころは大きな瞳が愛くるしく、格好の遊び相手だった。牛舎と小屋に和牛の親子やヤギ、綿羊を飼い、庭には放し飼いのニワトリもいた。これが昭和二十三年のころの、農村のありふれた風景だ。今は亡き私の父、高治は、父親から「トキも腹をすかしている。追い払ってはならん」と教えられて育った。戸数が少ない集落のため同年代の友達が少なく、自然に包まれての生活で動物との触れ合いが多かったから、「トキも友達」と思えて優しく見守ってきたのだろう。

父は昭和十六年秋に自宅裏の水田に二十七羽のトキが降り、腹いっぱい餌を食べてねぐらに向かったときの光景を「辺り一面、ボタンの花が咲いたようにきれいだったのう」と鮮明に記憶していた。この経験以来、「トキの舞う環境を子孫に残したい」という思いが終生変わらなかった。戦後食糧難のさなかの昭和二十三年には、自宅の水田三枚（六アール）をトキの餌場に提供した。「友達への思いやりだ」と、田仕事のかたわらドジョウやサワガニ、タニシなどを竹筒に集め、早朝に田んぼにまいたと聞いた。昭和三十八年の豪雪では、早朝から夫婦で餌場の除雪に終日費やしたという。田んぼへの餌まきは昭和五十六年の全鳥保護まで続き、家から離れた山間部のトキ生息地、清水平にも餌を運んでいた。

田んぼを餌場にしたときには、親類や集落の古老から「頭が変になったのか」と非難されたが、父は「おれが我慢すればいい」と言って考えを変えなかった。父の教えは一家に染みわたり、「トキを追い払ってはならん。ゆっくり餌を食べさせてやれ」が家訓となっていた。私も五歳のとき、春の夕暮れに華麗なトキの姿に魅せられた。集落の子どもたちと家路についたとき、夕日に染まって南に向かうトキを間近に目撃した。「また明日も来いや」と手を振ると「カァオーン、カァオーン」と返事をするかのように鳴いた。

父はトキのために、極力農薬を控えた農業もめざし、集落全戸に奨励した。昭和二十六年には有機農業を広める試みとして、雌の和牛を一頭農協から借り受け、一年間飼育して翌年産まれた子牛を農協に返すという契約で畜産に取り組んだ。これも安全な食料生産とトキへの思いからだと後々聞かされた。牛や家畜の世話は家族みんなで分担し、汗を流した。草刈り、水運びは大変だったが、産まれた子牛は農協に販売し、敷き草は堆肥《たいひ》になり、親牛は運搬などの使役に利用して生活の改善につながった。この試みの成功で、集落全戸で和牛の繁殖飼育が始まった。家畜が飼われると子どもたちの仕事も増えた。農作業を通して家族の絆《きずな》も深まり、集落のまとまりも良くなった。

昭和三十四年、父の要請で集落の全戸の住民によって一年間にわたるトキのねぐら調査が行われた。調査を通じて、それまでよく分からなかった生態が明らかになり、貴重な資料として役立った。当時、佐渡島内では四羽の生息が確認された。その少なさに危機感を持った父は、緊急の対策を講じた。特に餌が不足する冬場に向けては、田植えが終わった田んぼにコイの稚魚五千匹を放流して育てた。コイ農法は水田の抑草効果も高く、長く続けられた。成魚は村内の小中学校に寄贈して喜ばれた。父は植物や花木の栽培にも研究熱心で、育てたユキツバキやモミノキなどの苗木を島内や全国の小中学校に贈って緑化推進にひと役買っていた。

昭和四十二年、清水平に新潟県佐渡トキ保護センター（旧・トキ保護センター）が開設され、父は人工飼育の飼育員の要請を受けた。自らは自然繁殖に望みを託していたので、葛藤《かっとう》があったというが、任された以上は責任を持ち、トキのキンちゃんと二十年間寝食をともにして自分の子どものようにかわいがった。全国の児童、生徒から励ましの手紙や保護募金が届けられ、礼状には写真や資料を添えて送っていた。子どもたちから「トキのおじさん」と慕われて文通は続き、返礼書きは私も手伝って深夜に及んだ。

父はトキにかかわった生涯を「めぐるたび　思いは尽きぬトキの保護　他人は知りても知り得ず今も」と短歌に詠んでいる。「ただ、トキだけ見ておればよいもんではない。佐渡という風土があり、そこに人がおり、トキがいた」というのが口癖だった。

人と自然とのかかわり、人と自然のあるべき姿に頑固にこだわり続けた父は、長い闘病生活の後、平成九年夏に亡くなった。意識がなくなる前、看取《みと》る私たちに「生涯の活動に妻や家族の理解と支えがうれしかった」とつぶやき、「おれの葬儀費用が余ったらトキの墓を建ててくれ」とかすかな声で私に言い残した。

キンちゃんの顕彰碑建立の話があり、私はすべてのトキの名前を碑文に入れてほしいと県に頼んだ。佐渡市新穂地区にあるトキの森公園の碑は、かつてトキたちが営巣した黒滝山と向き合い、再び佐渡の空にトキが舞う日を優しく見守っている。トキの野生復帰連絡協議会で、三十の団体と佐渡市、企業などの支援をいただき、島内外の子どもたちに自然との共生の大切さやトキ保護に携わった人たちの思いを伝えていくことが私の使命と思っている。

父と母の精神《こころ》・愛に育《はぐく》まれて

木村　紀子
（特定非営利活動法人感声アイモ理事長
特定非営利活動法人佐渡の声理事長
東京新潟県人会理事、声育士）

突然の破水で早産。一九八〇グラム低体重児。滅菌室に並ぶ保育器、私の子供はどこ？　マカロニのような管が身を覆い酸素調整百。元気な「オギャー、オギャー」を聴く。十二年目に授かった感謝。六年後、乗用車に激突。意識不明。「マ・マァーー！」交通事故で脳挫傷に。医師は、ＭＲＩを見て「脳室が五つありますね。普通は四つ。直感力をつかさどる中枢神経のメカニズムの脳室。木村さん、このまま思うように生きてください」とニコニコ。左半身の衝撃で左耳は難聴。左顎《あご》がずれてマウスピースのようなもので矯正。言語障害に。右腕のしびれ、動かない手。百二十パーセントの能力フル稼働で仕事に猛進中だった。それが四十パーセントに。頭痛と吐き気で「私は五十歳で死ぬ！」と泣き暮らす。何十種類もの薬の山。文字は左手で書いた。映画のスクリーンのように情景がフィードバックして三歳からの記憶がよみがえった。偉い人に「あなたは次元が違う人だ」と言われ、母は「紀ちゃんは心ここにあらずね。何でそんなに一生懸命がんばるの？」

当時、妻・母親・会社経営・水墨画家・ライオンズクラブ・商工会議所・子育て支援委員長・地域市民活動・タウン誌「月刊きゃんばす」編集長・商店街や自治会で実力を発揮。

子供が「普通のママになってぇ～」と懇願。でも「普通のママとは違うの」。交通事故は時の運。自分の才能と実力で生き抜こうと決意。

父、田中裕二は秋田県田沢湖出身。経営コンサルタント。「経営はマネージメントが重要だ。人に必要とされる人になりなさい」と故郷に所縁《ゆかり》ある多くの人の面倒を見、旬を肴《さかな》に秋田民謡を名調子で歌い、私を溺愛した。

母、トメ（旧姓羽二生）は、新潟県佐渡市畑野宮川出身。ナイチンゲールのような人である。戦前から昼夜を問わず超人的に働く。死亡率の激減、献身的努力。東大出身の医師と共に往診し、佐渡の地域福祉医療に貢献した。

祖母に「生き馬の目を抜く東京へなぜ行くのか」と言われたが看護師になった。「のんちゃん雲に乗る」や「ぼくらは椎《しい》の実まあるい椎の実、お池に落ちて遊ぼうよ……」の

「椎の実学園」の歌は今でも心の中に残っている。映画好きの母であった。満州の地に私の姉を埋めてきた話をしてくれた。戦争のショックで母乳が止まり、近隣のご婦人に母乳を頂きガーゼに含ませ何度も吸わせたが、三十日間の生命だった。「紀ちゃんが生まれ代わり。教養を身に付け心は豊かに」と書道、茶道、華道の稽古《けいこ》。能・狂言・文楽・歌舞伎・演劇・浪曲・講談・落語。東京芸術大学百周年でオペラ・オーケストラに美術作品の鑑賞。文化的才能が自然に育まれた。

世のため人のために「声で育む幸せづくり」

人間の尊厳を大切に「障害という言葉をなくしたい」、美しい日本語の響きで心を開く「声」の教育の重要さを痛感。知的発達などに障害があるといわれている人たち延べ約五千名と養護老人ホーム・デイサービス・地域のお年寄り延べ約三千名に呼吸と発声「あいうえお」と感声四十八声《こえ》の訓練。絵画指導、「おくの細道」や「北越雪譜」より「雪吹《ふぶき》」を朗読、わらべ唄や民謡を歌い、佐渡おけさを踊る。日本の伝統文化の源「美しい日本語の響き」を全身で発声する健康運動を実施中。自発的にコミュニケーション障害を克服した人の積極性・明るい笑顔と会話が広がっている。

団塊の世代が介護するのか、される側になるのかでは地域の様相が一変する。全国社会福祉協議会の果たす役割は大きい。「声」で健康になる訓練士「声育士」を養成したい。

女性が目覚めたとき社会は変わる

経済記者としてのマスコミ時代、フェミニズムブームのころ。当時厚生省の長尾立子さんに会う。人口の推移から見た高齢化に「年金」を含めた将来の危機を悟る。いよいよ女性の時代が来る。

尊敬する美空ひばりさんの「月下美人」（加藤和枝作詞）に「この人の世に残せし心の命あり、私の歌に母があり、私の歌に父がいる……」の心境である。「ひばりの佐渡情話」を歌えば芥川龍之介の「蜘蛛《くも》の糸」のお釈迦《しゃか》様が地獄からカンダタを救おうとする情景が目に浮かぶ。

母は父をみとり十年後に他界した。

父に誠実と信用の社会を、母に勇気と正義感で天職を貫くことを教えられた。

限りある人生、己のため・自己中心で生きるのか、世のため人のために尽くすのか、人の人生はさまざまだが私は、父と母の子である限り、多くの人の明るい笑顔の中で、尊敬され、感謝され、慕われ、誇り高い生き方がしたい。
今、私の心の中に父と母の愛と思いが生きているのを実感する。

物差しで叩《たた》かれたおふくろの思い出

米山　一
（公認会計士・税理士
前東京新潟県人会会長
東京小国会会長）

私の母・米山アイが亡くなったのは平成十七年十一月十二日、享年九十四。

母の思い出をひとことで言えば、子供の躾《しつけ》にとても厳しく「おっかないおふくろ」であった。

父・徳太郎は明治三十四年生まれ、農業に従事。農協の役員や集落の世話役などをやっていた。

静かで敵を作らない性格で、あの人の言うことは間違いないと言われるような、人望の厚い人であった。

夫婦の間に、長男の私と妹三人、弟二人、合計六人の子供がいた。

母は明治四十三年生まれで、生家が刀鍛冶《かたなかじ》ということもあってか、曲がったことが嫌いな性分であった。

子供を叱《しか》るときは「礼儀を知れ」が、母の口癖であった。長男の私は一家の惣領《そうりょう》ということもあって格別厳しかった。何かあると、いつも竹の物差しで背中からバシッと音が出るほど叩《たた》かれた。口で注意される前に物差しが飛んできた。最初は「痛いっ」と感じたが、途中から痛みはなくなり、「また来たか」というような状況であった。

母は小柄な体であったが、小さいときから活発で体力はあるほうだった。意思の強い人であった。また運動好きで弟妹は母から運動を習って上達している。弟たちは鉄棒や逆立ちを小さい時から習って、一人はインターハイに出場するほどまでになっている。また妹たちは水泳を教えてもらったりした。

私たちが子供のころは近所の池で水遊びなどをすることが多かった。あとになって近所の人から聞いたことがあるが、あるとき、妹が溺《おぼ》れかけた際、母がパンツ姿になって池に飛び込んで助けたという話だった。母は「体を鍛えておけば病気なんかにかかることはない」とよく言っていた。

また、母は「人間に上下の差はない。どんな人たちにも平等に付き合え」と言っていた。

障害がある人々にも、健常な人々に接すると同じように接する母であった。

子供のころ、毎年瞽女《ごぜ》の人たちが町へやってくると、母は、「瞽女がくるよー」と集落へ声をかけて回り、家に泊めてあげていた。

汗とほこりで汚れた衣類などを妹と一緒になって洗ったりして面倒を見ていた。衣類などが干してあるのを見て、近所の人が「瞽女が来ましたかい」と挨拶《あいさつ》するのが常であった。瞽女たちが町へ来るときには、泊める家を話し合いで決める世話役のようなことをしていた。

母親として怖いほどびっくりした話をします。

昭和二十年八月一日、長岡大空襲があった。私は長岡市内に下宿して長岡高校に通学していた。

小国町から長岡の街が真っ赤に燃え上がるのを見て、父が「高校も焼けたから、多分伜《せがれ》の一《はじめ》も死んだのではないだろうか」と、母の前でつぶやいたところ、母はさっと窓を開けて長岡の方向を見つめて、「いや伜は絶対に死んではいない。川のほうに行って生きている」と眼《め》をつりあげて言ったという。

私は空襲の翌日、被災地を通って実家へ帰った。途中、敵の艦載機からの銃撃にあい、「やられた！」と思いながら、命からがら助かった。実家に帰って空襲や銃撃の経過を話した。「大変だったな。よく生きて帰ってきた」というような言葉を期待していたが、母は「日本男児があのくらいのことでなんだ。そんなことだから日本は負けるのだ」と。これほど強い怖い母親であった。

四年前、母の葬式で兄弟姉妹が集まったとき、母の思い出について異口同音に、誰よりも「大きな影響を受けた人だった」で一致した。

両親の勇気ある決断に感謝！

よこざわ　けい子
〔声優、㈱ゆーりん
プロ代表取締役〕

「よこざわ先生、うちの子どもが将来声優になりたいと言っているのですが、私も主人も反対なんですけれどね、どうなんでしょう？　先生からご覧になってうちの子は本当にプロになれるのでしょうか？」

声優・ナレータースクールを主宰している私に、このように質問してくる生徒さんのお母さまはとても多いです。

その質問に対してお答えするのはとても難しく、いつも大変困ってしまいます。才能だけでプロになれるわけでもないし、プロになるための努力をし続けられる精神力と人にかわいがられる性格、それに運もなければなりません。こういった世界なので生徒さんの親御さんの心配はとても分かります。ですから無責任な意見も言えません。結局は両親の反対に遭った生徒さんは夢を断念するようになります。

そんなときいつも思い出すのは、お父さんお母さん、お二人のことです。お二人は私がこの道を選んだときに、私を信じて応援してくださいましたね。だから今日の私があるのです。本当に感謝しています。

私がこの道に入るようになったきっかけは、小学校三年生の時でした。お二人は村上市出身で訛《なま》りにはとても苦労していたということで、娘の啓子にはきれいな日本語を話せるようになってほしいと思い、私をＮＨＫ新潟児童劇団に入れてくれたそうですね。

そして、入団した私はきれいな言葉を話す勉強だけではなく、イメージをつくり、セリフを言うことの楽しさに夢中になりました。さらに運の良いことにラジオドラマのレギュラーを小学校三年生から大学一年生までやらせていただきました。その経験は、普通では体験することができないような、人一倍中身の濃い子ども時代を私に与えてくれました。

さらに、お二人は、私が将来の進路を決めるときも、芸能界への道を選んだ私を応援してくれました。将来がどうなるかも分からない道を子どもが選んだときに、こんなにも気持ちよく潔く、子どもを信じて応援してくれる親がどこにいるでしょう。スクールを経営している私には、生徒と父母の実態を目の当たりにしていますので、その決断が親としてなかなかできないということがとてもよく分かります。もし、そのとき両親に反対されていたら、私にはどんな未来があったのでしょう？　平凡な人生を歩んでいたかもしれません。この仕事には、芸術的なことを生み出すというとてもぜいたくな喜びがあります。そういう精神的に豊かになれる未来を与えてくれた両親に感謝をし、とても進んだ考えを持つ、勇気ある両親の子どもとして生まれてきたことを誇りに思っています。お二人がＮＨＫ新潟児童劇団に入るという道をつけてくれたおかげで、私はすてきな未来を手に入れられたのです。

それからもう一つお二人に感謝していることは、私に競争心や上昇志向の気持ちを持たせてくれたことです。幼稚園のときの私は、自分のことを何て地味で平凡な、さえない女の子なのだろうと思っていました。そんな私が人一倍勉強をし、競争心も持てるようになったのは、お二人が私に一生懸命教育をしてくれたおかげです。学校の勉強はもちろんのこと、決して経済的に豊かではない生活なのに、私にピアノやバレエ、お絵かきまで習わせてくれました。もし、お二人が教育熱心でなかったら、今の私はいなかったと思います。最近、学校教育の現場では競争をさせないという風潮があると聞きますが、良い悪いは別として、私個人としてはとても感謝しています。

いっぱしに自分で道を決めて生きてきたようなつもりになっていた私ですが、このようにあらためて今までの自分の生きざまを振り返ってみますと、実はお二人がつけてくださった素晴らしい道を歩んできただけだったのですね。

お二人の前では、私はまさに文字通りの子どもです。今でもいつまでもお二人に頭の上がらない子どもです。

お父さんお母さん、いつまでも子どもの私から、あふれるほどの感謝の思いを受け取ってください。

恩返しをいっぱいいっぱいしたいと思いますので、どうか長生きをしてくださいね！

お父さんお母さん、本当に本当にありがとう!!

父との三つの思い出

嘉瀬　誠次
（花火師、嘉瀬煙火工業代表取締役）

わが家の花火作りは、祖父の亀吉が東京の花火工場に出稼ぎに行って技術を覚えたのが始まりです。祖父は道楽で花火をこしらえ、村の祭りで打ち上げました。みんなに喜ばれ、神社で酒を飲んだり山海の珍味をもらったりして得意だったようです。父の誠喜の代に稲作と花火が兼業になり、戦後の景気拡大とともに長岡祭りで三尺玉などたくさんの花火を上げました。父は農業も花火も、何をやっても器用な人で、職人に怒り声を上げたことのない人でした。私は八十六歳になり、たいがいの記憶はぼんやりしていますが、父の思い出で、はっきり覚えている三つのことがあります。

私が小学校へ上がる六歳のころだったでしょうか、ある日、父の机の中の大きながま口から無造作にお金を持ち出したことがありました。小学校の先輩たちに駄菓子をおごって仲間入りさせてもらおうと考えたんです。ところがそのお金が、幼い私は分からなかったが、今なら五千円くらいの価値の五十銭銀貨だったのが悪かった。駄菓子屋が分家だったこともあり、このことがすぐに父に伝わってしまいました。

血相変えた父が「この野郎」と怒鳴りつけました。「悪いことをしたら井戸につるす」と日ごろ教え諭されていた通り、両足首をつかまれ、自宅の井戸に逆さづりにされたんです。「助けてー」。私は火がついたように泣き叫び、祖父が「勘弁してくれ」となだめにかかりましたが、父は許しません。血が頭に上り、泣きじゃくるあまり呼吸も苦しくなって死ぬかと思ったとき、「本当にいい子になるか」と父の声が井戸に響き、祖父に免じてようやく許してもらったのです。父にしてみれば大事な息子が金を取る癖などつけたら大変だと思ったのでしょう。父と祖父の間で私を懲らしめる段取りの話ができていたのかもしれませんが、本当にこりごりで、昨日のように情景を思い出します。

二つ目は、私が成長して十七、八歳のころの話です。当時、農閑期の冬には馬そりを引いて、鉄工所から鉄工所に部品を運ぶ仕事をしていましたが、近所の農家に住み込みで働いていた年上の男性に「カフェに行く金を工面してくれ」と頼まれ、引き受けました。

あてにしたのは祖父の着ていた「二重トンビ」と呼ばれるラシャ製の高級コート。これを質入れして金を先輩に渡しました。「馬そり引きの仕事をちょっと増やせばすぐ金が入る。コートも戻る」と安易に考えていたのですが、近所のうわさで父にばれました。

夕方仕事を終えて帰ってくると、父が「ちょっと来い」と仏間に連れて行き、会い向かいに座りました。「誠次、いい子になってくれ」。うつむいた父が目に涙をためて私に頼みます。こちらは悪いことをしたつもりがない。キョトンとして弁明したのですが、家族の持ち物を質屋に持ち込んだ行為を父は認めず、「いい子になってくれ」と、ひたすら頼むのです。普通、悪いことをしたならしかられるのに、子どもに向かって父が頼み込む。時がたつにつれて胸にこたえ、父に謝りました。生まじめな父にとって、せがれが身を持ち崩すきっかけになるようなことをしたのは、よほどショックだったのでしょう。

三つ目は戦時中の出征直前の日のことです。二十歳で徴兵検査甲種合格した私は、新発田の連隊で半年余りの訓練を受け、昭和十九年二月に「北方らしい」という漠然とした任地を聞いて身内との別れの面会の日を迎えました。同じ初年兵に吉野君という同郷（長岡の旧黒条村）の友人がいて、私には父が、吉野君にはお兄さんが面会に来ました。三十人ほどの初年兵が一つの部屋で、立ったまま家族と一時間ほどでした。父とたいしたことも話せずに終わる間際、父が突然吉野君の手を握り、「生水に気をつけれ」「寒さには気をつけれ」と一心に励ましているのです。私が蚊帳の外に出されたような妙な気持ちになってボケッとしていると、吉野君のお兄さんが気の毒に思ってか私の手を握り「おい、嘉瀬君。頑張れよな」などとありふれた言葉をかけてくれました。そんな不思議な時間が過ぎて帰るとき、父が実に寂しそうに私の方をずっと見ていました。

「どうして父は私の手を握らなかったのか」。その時の話をしないまま父は亡くなりましたが、私なりの答えが出てきました。父は私の手を握りたかったのだが、握れなかったのです。代わりに吉野君の手を握り、思いのたけを伝えたのです。「君死にたまふことなかれ」という有名な言葉がありますが、父は心に思っていても、軍隊の場所で泣きながら「弾に当るな」とは言えない。さぞ、つらかったでしょう。私もあの時、別れを惜しむ様子を見せず、ことさら堂々と振る舞っていました。恐怖心を見せずに出征することが、父を安心させるせめてもの孝行になるという気持ちでした。親子の情愛は洋の東西、古今を問わないものだなあと思います。あの世とやらがあるのなら、またそこで親子として一緒に過ごしたいものです。

親父の記憶

江口　歩
〔新潟お笑い集団NAMARA代表〕

昨年、同い年の仲間が死んだ。仲間の子供はまだ幼く、葬儀で喪主である妻があいさつしているとき、そのそばでニコニコと笑っていた。同じく昨年、母の親である婆ちゃんが九十七歳で亡くなった。母の兄弟はそれぞれ思いはあるだろうが、ホッとした表情を浮かべていた。うちの親父《おやじ》は十三年前、僕が三十歳の時に亡くなった。僕はしばらく眠れない日々が続いた。

同じ親でも死ぬ時期によって、受け取り方が違うものだ。ひょっとすると記憶の差なのかもしれない。幼いころは親の記憶が曖昧《あいまい》であったり、年を取れば介護の苦労の記憶が優先されたり。僕の場合はどうだったろう。十分な親孝行の記憶が形成される前だったといえるかもしれない。

僕は親父と仲が悪く、常に喧嘩《けんか》ばかりで家庭には笑いが無かった。三十歳を過ぎたころ、東京から帰省中に、また些細《ささい》なことで喧嘩をした。親父をののしり家を飛び出し、東京へ帰った。その翌日、親父は死んだ。

いつまでも喧嘩ばかりしているわけにはいかないだろう。親父の体も弱っている。そろそろオレも大人になって親父と向き合おう。東京の会社を辞めて新潟へ戻ろう。そんなことを考えていた翌日に親父は死んだ。高校を卒業してから盆暮れしか実家に戻らない僕は、一度も親父と穏やかに酒を飲み交わしたことがなかったことを悔やんだ。

ところが最近、ふっと記憶がよみがえった。僕は親父と一度だけ二人きりで飲んだことがある。佐渡に用事のあった親父に連れられて、嫌々ながら兄弟三人で島へ渡った時のこと。弟たちが旅館で寝たところを見計らって親父に誘われ、近くの寿司《すし》屋へ行った。その時の親父は笑っていた。何で今まで忘れていたのだろうか。父親との楽しい思い出はないものと思っていた。

父親との「笑えない話」ならばすぐに思い出す。とても笑えないエピソードを笑いに転化することで、父と向き合えない自分、自分とも向き合えない自分をごまかしていたからだ。いつの間にか親父は僕の中でネタとなった。「オヤジは酒が好きでね、亡くなった日も朝から酒を飲んでいて、一升瓶一本空けたころに風呂に入ったらしいんです。酒好きのオヤジとしては風呂に入って酒が抜けるのが嫌だったらしく、風呂に酒を入れ、皮膚からも飲もうとするくらい酒好きでした。まあ、結局は文字通り風呂場で酒に溺《おぼ》れて死んでいったわけですが、さすがオヤジだなと思うのは、自分を清めて死んだことですかね。まあ、ずいぶん葬式が楽でした」

ほぼ実話だ。当然、当時は笑えない。ただ笑わなければ持たない。なぜなら僕が父親の死に半分加担していたのは間違いないから。いま思えば、親父は僕に対して信号を送っていた。親父は酒を飲むと歩けなくなる。はってトイレに行く。亡くなる二日前、「手を貸せ」と僕に言った。そんなことは初めてだった。僕は手を貸したら親父がだめになると思って手を貸さなかった。親父は廊下をはっていった。親父は息子の助けが必要だったのだと思う。親父は自分がそう長くないと自覚し、近いうちに入院するつもりだった。僕は会社を辞めて、しばらく入院生活の面倒を見ようと思っていた。入院中は酒も飲まないのだから、きっと親子らしい会話ができると思っていた。それなのに、親父は死んだ。

親父に手を貸さなかったこと、死に加担したこと。そんな負の思い出を笑いに転化させることに目がいって、親父との楽しい思い出はずっと封印されていたように思う。

佐渡に行ったのは、父との最後の旅だった。いまも小木の花火の光景を覚えている。泊まった宿も、一緒に飲んだ場所も鮮明に思い出せる。こんなにはっきり覚えているのだから、きっと楽しかったのだろう。これからはそのときの親父の笑った顔だけを思い出したい。笑顔の親父を思い出すだけで僕はうれしくなる。

親父が死んでから、僕は新潟お笑い集団NAMARAを立ち上げた。食べられない日々が続き、母親に甘え続けた。それがストレスとなり母親は心臓を悪くした。これではまた親父と同じ繰り返しだ。親父は生前、「お母さんを頼む。お母さんを守ってくれ」とくどいように言っていた。その言葉はいまも耳から離れない。僕にとっていま大切なのは死んだ親父ではなく、同居している母親だ。ならば、と、思う。笑った母親の記憶をたくさんつくっていきたい。思い出すだけで気持ちが温かくなる、楽しい記憶を。

守ってくれてありがとう

五十嵐　豊
〔財団法人山の暮らし再生機構地域連携ディレクター〕

母ちゃんが亡くなって四年後の二〇〇四年十月、関連死を含め七十人近くもの命を奪った中越地震が起きました。地震で山は原形をとどめないほど崩れ、棚田が美しかった山古志の風景はあまりにも変わりました。だけど「帰ろう山古志へ」を合い言葉に、山古志の人たちは復興を目指しました。多くの人たちからも励まされて、昨年末、仮設住宅からここにまた戻ってくることができました。母ちゃんは天国から見ていてくれたよね。

当時山古志村役場職員だった私は、地震が起きた十月二十三日夕、長岡市への出張帰りで小千谷市にいました。山古志の自宅に一人でいる父ちゃんと連絡を取ろうとしたけれど、電話はつながりません。帰る道もない。不安の中、その日は課長の長岡市の家の駐車場で、皆で車中泊しました。

地震の直後、父ちゃんはたんすの下敷きになっていました。動けなくなった父ちゃんの命を、マリが救ってくれたんだよ。母ちゃんがかわいがっていた、あの犬の子どもだよ。マリは地震の日の朝、三匹の子犬を出産していました。子犬の世話をしながら、父ちゃんのほおをなめて励ましてくれたんです。母ちゃんがいなくなってからおやじは気力がなくなってしまい、「このままでいい」と一度はあきらめたらしい。そこへマリが来て震えながら顔をなめた。ガラスで体を切りながらも、心配そうに子犬とおやじの間を往復した。その献身的な姿に、父ちゃんは気持ちが奮い立って、必死に体を動かして助かったのです。

役場では地震翌日から全村避難の準備を始め、二十五日に全村避難。父ちゃんの消息はなかなかつかめませんでしたが、二十五日の夜、小千谷の総合体育館に避難したことが分かりました。

山古志は無人になりました。ペットは連れて出ることができません。マリを救出できたのは二週間後でした。久しぶりに会ったマリはやせこけていたけれど、母親として立派に子犬を育てていました。この話は「マリと子犬の物語」という映画や絵本のモデルになりました。

梶金の集落の真ん中にある墓地では、地震で倒れたお墓もたくさんありました。でも家の墓は、向きが変わっただけで済んだ。父ちゃんのこともマリのことも、きっと母ちゃんが守ってくれたんだと思います。本当にありがとう。

二〇〇〇年六月、母ちゃんが心臓発作で倒れたのはニシキゴイの選別作業をしているときでしたね。そのころは私は仕事が忙しくて、六月に入ったのに母の日のプレゼントをまだ贈っていないのが気掛かりでした。そのまま、永遠の別れが来てしまいました。

田舎のお母ちゃんたちはみんなそうなんだけど、母ちゃんも本当に働き者でした。頼まれて新聞配達の仕事をやって、父ちゃんのニシキゴイの仕事を手伝って、畑もやって、メシも作って。一日中働いていた姿しか思い浮かびません。そして夜になると、必ず誰かが酒を飲みに来るから、つまみにナスやキュウリをいつも漬けておいた。父ちゃんも母ちゃんも社交的で頼まれると嫌とはいえない性格です。人のことを思うと、やってやりたくなる。そういう姿を見ていたから、私も何でも引き受けるようになったのだと思います。

私は未熟児で生まれたからか、小さいころは体が弱くてすぐ熱を出しました。そうすると母ちゃんが、焼いたネギをガーゼに包んでのどに巻いてくれます。ネギのにおいが嫌で嫌で。我慢してのどに巻くと、ご褒美にすり下ろしたリンゴを食べさせてもらえる。村でイベントがあるたびに、母ちゃんには友達の分も二十個くらい弁当を作ってもらいましたね。みんな、大きなおいなりさんを楽しみにしてくれました。

父ちゃんと母ちゃんには、伸び伸びと、何でも自由にさせてもらいました。ずっと自由にさせてもらって、兄弟二人とも結婚が遅くなりました。私は昨年結婚して、一月に子どもが生まれました。昨年暮れに新しい家に引っ越して、父ちゃんと一緒ににぎやかに暮らしています。子どもが大好きだった母ちゃんだけど、生きているうちに孫の顔を見せてやることはできなかったね。自分がしてもらったように、娘は心豊かに、自由に育てたい。親からいただいたものを返したい。それが親孝行だと思っているから。

父母との絆《きずな》

矢久保　篤司　（東京広神会）

ふるさと新潟県魚沼市（旧広神村）に生まれ育って、戦後間もない昭和三十年四月に巣立ち上京をした。はや五十三年の歳月を迎えている。

いつの時代になっても「親は親、子は子」。親子は絆《きずな》で固く結ばれている。ただ昨今の世相を思うと、この絆も段々と細くなりつつあることが、寂しく危惧《きぐ》を感じている。

自分も年相応となって、すでに両親は天国に召されたが、感謝を捧《ささ》げる気持ちで「父母への手紙」とします。

昭和の二桁《けた》に入って間もない正月が終わり大雪の降り出した村に、私は農家の三男坊として誕生した（母親から何回も聞かされた）。

父親は割合と小さい体で、無口でコツコツと米作りや野菜作りに励んでいた姿が印象に残っている。また子供のころは厳しいしつけを受けた日々が思い出される。

今でも最も父親に感謝しているのは、戦後間もない家計の苦しい昭和二十七年四月に工業高校へ進学させてくれたことです。これが「礎」となって、卒業すると、電力の仕事に就くことができた。このことを思うと、今でも亡き父親にありがたく感謝をしている。

誰しもが母親に対しては、いくつになっても父親より思い出が多いことに、感謝しているのではないでしょうか。

何と言っても、母親には赤ん坊の時から幼少、そして青年時代へと成長してゆく中で最も身近に接して育ててもらったわけですから。

母に最も感謝しているのは、昭和二十七年四月、中学校から工業高校に進学した時のことです。このころはまだ戦後間もない時代で交通の便が悪く、そして通学には家庭の経済面も許されず、家から電車に乗る小出駅まで四キロの道のりを歩いて通学をした。

（こんなことは今の時世では考えられない）

家を朝五時三十分に出て、六時三十分発の電車で長岡まで通学。

（その後は二年生の時自転車を購入してもらった）

昭和35年ごろ、静岡・伊東の会社保養所で、両親と筆者(右)

母は、毎朝四時前に起床してご飯炊き、朝食と弁当づくりをしてくれた。このことを思うと今でも目頭が熱くなる。

(この通学で忍耐力が付いた)

この思いが母親に対する私の「感謝」です。いつになってもこのことは忘れることはできません。

卒業すると同時に、昭和三十年四月には国の復興は電力だと自覚をして電力会社に就職をした。あの時代の親孝行の一つに、会社の保養所へ招待して宿泊したことがある。あんなに嬉《うれ》しそうにしている両親は見たこともなく、あの素晴らしい笑顔は、今でも脳裏にはっきりと焼きついています。

そして母親は晩年まで歩くことができて（最後の一年ぐらいは車椅子《いす》の世話になった）、さらに耳も聞こえて、目も見えて、頭の方もまあまあだった。私が帰省したときは「来たかね」と会話を重ねることができたことが母の最大の楽しみであり、また喜びでもあった。何と母は九十九歳で天国に召された。

父と母にはいつまでもこの私を天国から見守ってくれることを願望してやみません。

この父母と子の人間愛はいつまでも損なうことなく「人間の美徳」として、永遠に受け継いでゆきたいものです。

母というものの存在

平田 大六〔関川村長
元大洋酒造社長〕

テイは私の母です。一九〇四年に生まれ八九年に亡くなりました。母は十七歳の時、四つ上の父と結婚し、十年間で兄姉姉姉私を産みました。父が病死した時、母は三十二歳、末男の私が二歳でした。

家業の小さい酒蔵がそっくり母にのしかかってきました。兄が、醸造学課程のある広島の学校に進学したのは、兄の希望か、父の遺志か、母の決意かはわかりません。

学業を終えた兄は、すぐに戦争に征《い》かされました。兵士の兄が大陸へ輸送される途中、攻撃をうけ奇跡的に生還して北九州小倉で待機させられていたことがあります。それを知らされた母は独りで面会に行っています。遠出の経験のない母がです。しかし、それが兄との別れで、再度の船旅では奇跡はおこりませんでした。その訃報《ふほう》の様子を私は、ラジオ放送させてもらったことがあります。

『小学校六年生の私は、川へ泳ぎに行って帰ってきますと、家の神棚が、白い紙でふさがれていました。私たちの村では、その家に不幸がおきますと、すべての神棚はこうして閉じられます。私がたずねますと、母は目を真赤にして、それは兄だ、と教えてくれました』(註1)、母が四十歳の時です。

急に家を継ぐことになった私が中学三年の夏、母は私を新潟の花火見物に連れてゆきました。四八年八月二十二日の夜、母と私は、大混雑の見物客の中にいて、左岸から万代橋を渡りかけていました。スターマインの直後、ドーンという花火でない音がして、やがて警察署の拡声器が、人と欄干が落ちたので近よるな、と叫んでいました。

すると母は、私の手を強くつかんで反対の礎町の方へグイグイと引っぱってゆき、近くの食堂へ入り、今日は好きなものを食え、と言うのです。アイスキャンディと答えると、命びろいをしたのにそんなんでよいのか、と母は真剣でした。幼い私に、未来を託しなおさなければならなくなった母のせつない気持ちを、私はだいぶあとで「親」になってみて理解することができました。

それよりずっと前のことです。

母は、山形・小国の実家へ私を連れてゆきました。実兄と母の長い話が終わり再び汽車で帰るのですが、村の駅で降りないでそのまま本線に乗り換え海岸沿いの駅で降りました。私の手を引いて渚《なぎさ》まで行った母は、海を見ていました。時間はわかりません。帰ろうという母に従いました。終列車でした。おとなになっても私は、その時の意味を母には問うていません。

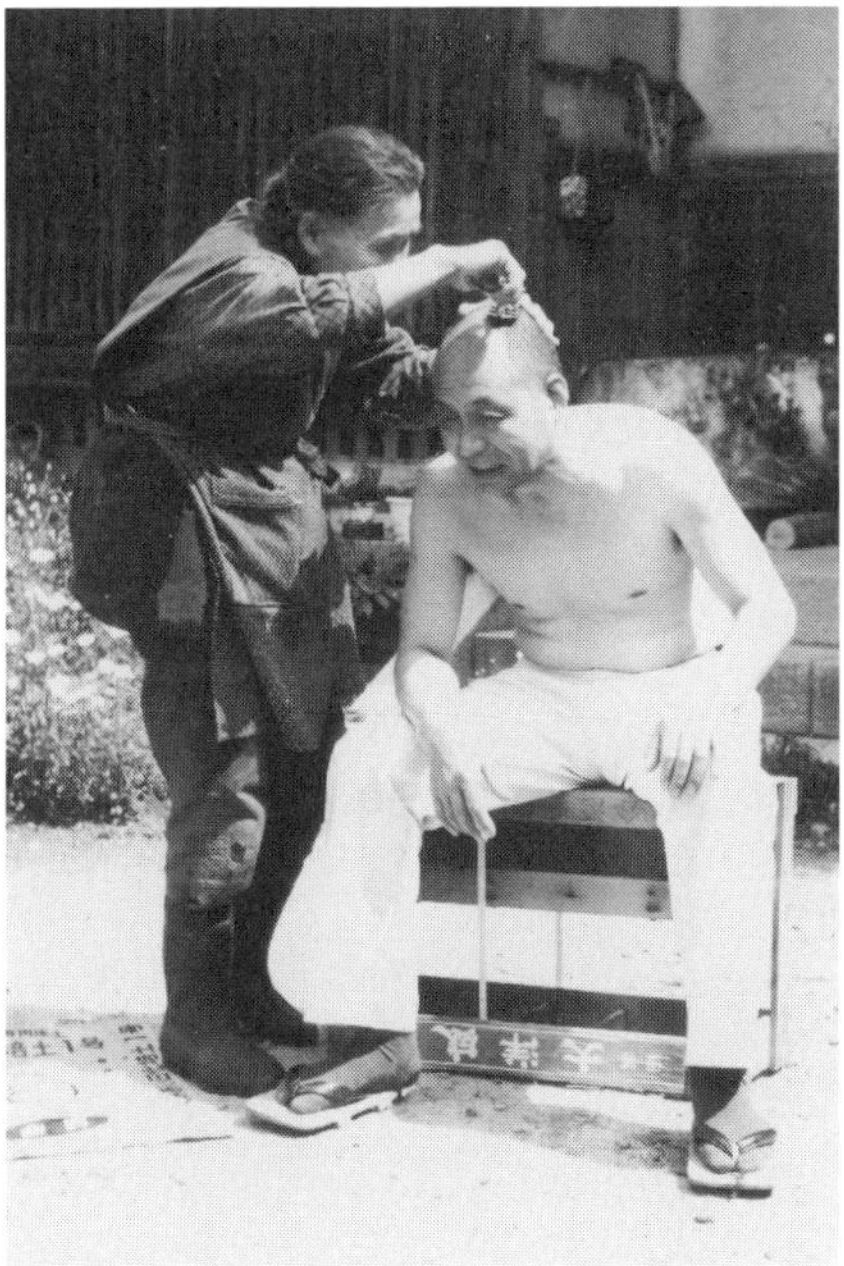

1984年６月、自宅玄関前で。筆者（右）の散髪はいつも母がバリカンでやってくれた

私は、しっかり家を継ぎはじめてからは、道楽で山登りをはじめました。五九年十月、独りで吾妻連峰を西走し、西吾妻山（二〇三五メートル）の頂上まできた時です。

積雪で米沢への下山路がわかりません。視界も良くない。あせった私は動転しはじめていました。その時、ザックのポケットに手を入れると、カチカチになったダンゴが底にあるのです。仏壇に供えていたものを、母がこっそりお守りがわりに入れておいたのです。

それを口に入れると、痛烈に母への恋しさがこみあげてきました。私は父というものを知らない。迷ってはいけない、母のために。スーッと冷静がかえってきて、コンパスを立てなおして雪の斜面で高度をさげると夏道があらわれ、無事に終列車で帰れました。このことは母には言いませんでした。

八八年母は八十四歳になっていました。体は丈夫ですが、記憶や知覚が不鮮明になってきていました。その秋、私は仲間と中国奥地へ探検に入ったのです。出発の日、母は、大六今度はどこだ、とたずねるのです。母は、待てと言い、紙に包んだ小さいものをこっそり私に渡してくれました。

それから、遠く離れて中国の嶺《みね》に立ち、故郷の方向の空を見はるかした時、ふと感じて、母にもらった紙を開きました。入っていたのは一枚の百円紙幣でした。価値判断する機能を失いかけながらも、嫁には内緒で小遣いをくれようとしていた私の母。西吾妻山の時と同じ次元の感情が私にこみあげてきました。

明けた一月に、数日寝こんでから母は亡くなりました。五十年もすぎてやっと父の「所」に行った、その母というものの存在は何であったのか。…私が小学校へ入りかけるころに、近所の女の児と「お医者ゴッコ」した私を、見つけた母はきつく叱《しか》ったあとで、壁にかけてある亡父の写真の前で、一緒にあやまってくれました。…今日からその母は居ない。許してくれる者は居ない。母の存在は「許してくれる者」だったのです。

いま私は「村長」という任についています。かつて、父、兄、そして私を、母は酒蔵の蔵元として夢見ていたと思います。今の道を選んだ時の私の気持ちを紹介して母への想《おも》いを終わらせていただきます。

『…私は、生まれた時から日本酒づくりのプロの道を歩ませられ、そして歩んできた。私は、それと、ある意味で決別しなければならない。もうすでに亡くなってはいたが、母は許してくれるのか。あるいは、前述したように、人がやってきたことをお前が出来ないことはない、と母は言ってくれるのか』（註2）

（註1）平田大六、ＮＨＫ新潟・朝の随想、一九八一・七・八（ラジオ放送）
（註2）平田大六、ひとつだけの村、笠木透編（二〇〇四）本の泉社

母が立派過ぎて困る

古泉　智浩（漫画家）

僕が結婚できない理由の一つは母が立派過ぎるのが原因だと思われる。母を見て育ったせいで、女性に対して守ってやらなければいけないとか、経済的に養ってやらなければならないという感覚が全くない。そこには大いに誤解があるのかもしれないが、読者のみなさん、僕の主観の問題なので介入しないでいただきたい。

僕はお菓子屋の一人息子である。子供のころ、僕が学校から帰宅すると父は大抵昼寝をしていた。夕方になると目を覚まし相撲を見ながらタバコをふかしていた。母は晩ご飯の支度をしながら、店にお客が来ると接客に立ち、また料理をした。その時間になると、父はもうお酒を飲み始めていた。九時に閉店するのだが、シャッターを下ろすのは父の仕事であった。僕は父に命ぜられてシャッター支柱を立てるのを手伝った。小学生には鉄の支柱が重くてとても嫌だった。

　とにかくそんな調子で、母は店を閉めて食事の片付けをするまでずっと、朝から晩まで働いていた。

　子供のころ、父は配達をする以外大体ぼんやりしていた印象がある。父が毎日うちにいるので、よその家のようにどこかに勤めてほしかった。父の方針でうちではドリフを見せてもらえなかったし、七時からはＮＨＫのニュース、それが終わると野球とチャンネル権がなかった。学校に行くとドリフのギャグをみんなまねして盛り上がっている。僕はよく分からないので友達のまねをして何が面白いのかさっぱり分からないまま笑った。

　父は自分がのんびり過ごす分、母に仕事をさせていたのだと思う。昼間の家事はお手伝いのおばさんに来てもらっていた。そのせいか、僕は家事という労働に対する評価が低い。一人暮らしをしていたので自分でやるのもちっとも嫌じゃないし、女性も仕事で金を稼いだら、その代金で人を雇って家事をしてもらっても全く問題ないと思っている。結婚してお嫁さんに家事をしてほしいなんて気持ちも全然ない。稼いでもらった方がずっと助かる。

そんなふうに母に苦労をさせていた父も死んでしまって十年になる。店は母が社長を務め今も細々と続いている。僕も当初は携わっていたのだが、マンガの片手間でできるような商売ではなく、心残りながらあきらめ、現在はほとんどかかわっていない。父には大変申し訳ないことだ。店が夜七時に閉店すると母は、祖母と僕に食事の支度をしてくれる。食事を終えると僕も祖母も部屋に引っ込む。母はクイズ番組を見て、九時から映画を見る。映画の途中でいつも寝てしまう。どういう考えか分からないのだが、映画を途中から見て途中で寝ても全く気にしないのだ。以前、うたた寝はよくないと言って、居間にあったソファを撤去してしまった。しかし、ソファがなくなっても、カーペットで毛布にくるまって結局うたた寝している。だったらソファがあった方がまだ寝心地がいいのではないかと思う。

僕は以前一度、結婚しようとして失敗した事があり、それ以来近所づきあいや親戚づきあいに嫌気が差し、出歩くのは夜中だけというような生活に陥った時期があった。「そんなに人が嫌なら山に行って暮らしなさい」と母は小言を言った。山に行くのは全然嫌じゃなくむしろ望むところだと思ったが、母を傷付けるのはよくないので言葉を飲み込んだ。

母は繰り返し、人の良いところを見なさいと言った。

結婚の失敗以来、一切我慢をするのをやめ、店の仕事を辞めマンガ専業になり、空き時間は趣味に没頭するようになった。自分の目的や楽しみを何よりも優先させることにした。趣味への浪費も躊躇《ちゅうちょ》しないことにした。そうは言っても元から無駄遣いが嫌いなのでそんなに大層な蕩尽《とうじん》をしたわけでもなく、ギターとビデオカメラとパソコンを二台買ったくらいの贅沢《ぜいたく》であった。そんな生活を何年か送ってきたら個人主義も限界があると感じるようになった。虚《むな》しいのである。

結婚の失敗の大きな原因の一つはお嫁さんに商売を全部押し付けようと目論《もくろ》んでいたことだ。そもそも、うちは商売を父と共に、母がとても頑張っていて、店は父方の祖母が経営していて、母方の祖母も酒屋を営んでいた。なのでお嫁が商売をするのは当然という誤った考えがあった。その考えは改め、子供を産んで大切に育てて、同居すると嫌いになるので僕と別居してくれさえすればそれ以外何も望まないという方針に切り替えた。そしたら生活に苦労はさせないように僕は懸命にマンガを描くと心に誓っている。

僕はマンガの原稿料など収入を家に全く入れていない。実に気まずいのである。せめてなんとか手立てを尽くして、一刻も早く孫の顔を見せてあげたいものである。

四人の親から自由な人生を頂く

矢部　正二〔三和建設㈱代表取締役 北区新潟県人会会長〕

私は寺泊（現長岡市）の出身で昭和五年生まれ、七人兄弟の次男。生みの親である田舎の両親と、東京で子供のいなかった叔父夫婦の四人の親がいる人生であった。そのおかげで自由な人生を頂いたようなもので比較的に恵まれた人生と感謝している。

田舎での子供時代の思い出としては、田中角栄元総理のお父さんで馬喰《ばくろう》の角二さんが父のところにたまに立ち寄ると、よく酒を買いにやらされてつり銭を駄賃としてもらったものである。角二さんは、体は大きいがおとなしい人であった。

田舎の母親は、七人もの子供とおじいちゃん、おばあちゃんの面倒も見ていた。今のように介護施設もない時代なので、どこの家も母親が今の何倍も働いており、感心するばかりである。父親は相撲が強かった。力も強く運動会の「重量物運搬競争」では、県大会まで出場したほどである。

私はあまり勉強が好きではなかったが、母親の教えか「皆勤賞」を生きがいのように目指していた。小学校四年生の時に、朝六十センチもの大雪が降ったが、学校を休めとは言わなかった。私は四キロ以上の通学路を一人で頑張り、お昼ごろ学校に着いた。体は汗だらけ、湯気がもうもうと上がっているので、先生は勉強どころではないとみてか、すぐ帰れとのことで帰された。このような状況で、もちろん皆勤賞だけはいつももらっていた。

母親からは、自分の体を酷使しても、何事も苦にせずできるまで愚直にこつこつと努力し続ける教えを受けたのではないかと、この年になって感じている。父親の思い出としては、昭和二十五年ごろ自分の家で飼っているメンヨウの毛で洋服を作ったと送ってきた。ダサい洋服で「当時はなんだこんなもの」と思っていたが、今になると田舎の父親としては、我《わ》が子を思い、できる精一杯の愛情表現だったのであろうと感謝している。

昭和二十二年、十八歳で叔父を頼って東京に出てきた。まもなく別な叔父に子供がいなかったので、そこで働くこととなり、実の親子以上となった。工務店から、建設会社へと事業を拡大しながら一緒にずっと働き、親父《おやじ》、お袋《ふくろ》と呼び、親子同様な生活を送った。いわば東京の親、第二の両親である。

東京の父は、現場一筋。そのため、母は最初営業もやっており、当時は当たり前の談合による仕事の受注獲得競争での悲哀も十分に味わった。その後、経理主体になるが、「営業は金が必要であること」を体験しているので、私の営業費用には一切の文句を付けず処理してくれた。

そのおかげで、私は仕事獲得の営業だけでなく、数多くの奉仕活動にも心置きなく参加できた。例えば建設業界、商工会議所、防犯協会、薬物乱用防止、労働災害防止、労働福祉、自衛隊、ライオンズクラブ、骨髄移植推進、県人会など、数多くの団体に長年所属させていただき評議員や役職にも就任させていただいている。多くの団体役職就任は、時間と結構お金もかかるが、何の口出しも制限もなく私の自由にさせてくれた。そのおかげで多くの人脈ができて充実感を感じるとともに生き甲斐《がい》となっている。そして表彰状、感謝状を頂戴《ちょうだい》する栄も数多く、人並み以上の幸福感も味わうことができた。

このように、私は「田舎の両親」と「東京の両親」に、自由な生き方をさせていただいた幸せ者である。四人の両親にいつも感謝し、今後もたとえ仕事に結びつかなくても、ご縁を大事に各種団体の活動に参加し、他人様のお役に少しでも役立ちたいと願っている。

わがままも聞いてくれた父母

泉田　裕彦
（新潟県知事）

七十八歳の父と七十二歳の母は加茂市の実家に健在です。私の実家は新潟県内の平均的規模の農家で、昔は家の中に千歯こきが置いてあり、農舎では収穫期にコメの乾燥機が回っていました。子どものころはよく遊びました。年上から年下まで、近所の子どもたちとメンコ、こま、ビー玉、スーパーボールに興じたり、草野球やゴム跳びをやって楽しみました。一家そろって農作業をしたのも楽しい想《おも》い出です。毎年春の連休に山に行き、杉起こしをしていました。身軽な子どもが雪の重みで寝た杉の上の方に縄を縛ってくる。これを家族で「イチ、ニ、サン」と声を合わせて引っ張ります。「友だちが遊びに行くのに、何でウチだけ」と思いましたが、のどかな春の山から実家を見下ろし、昼ごはんも持って行って、ピクニックのようなところもありました。秋の稲刈りのときは、はざ木の上の方で稲を掛けましたが、いつも背中がチクチクしました。

加茂の祖父は戦死し、祖母や母が家を守っていました。亡くなった当日のことまで記した血に染まった手帳が遺品として帰ってきました。この家に白根生まれの父が婿に入りました。父は東京農大を卒業後、県庁に勤め、農業土木の技官をしていました。父は私が起きるころにはもう仕事に出かけていて、夜も帰宅は八時、九時になることがしょっちゅうありました。食事を一緒にとるときにいろんな話を聞かせてくれました。県庁でどういうことが起きているのか、中央省庁と地方自治体の関係はどうなっているか、小学生のころから聞かされていました。

祖母は祖父の戦地での苦労を知り、戦時中の食糧難を身をもって体験したので、私たち子どもがご飯粒やおかずを少しでも残すと、それがいかに悪いことか教え諭しました。父はしつけに厳しい人です。わが家ではちゃぶ台でご飯を食べ、「あぐらをかいていいのは体が大人になってから」という決まりでしたが、私が正座を崩して片ひざを立てて食べていたときなど、箸《はし》が折れるまでたたかれました。

厳しい父ですが、白根の出身で自分で凧を作れるだけあって、物作りが得意でした。竹ひごを熱で曲げ、薄紙の羽根を付けて模型のグライダーをこしらえてくれました。これを近所の加茂農林高校のグラウンドに持って行っていっしょに飛ばしてみると、実に良く飛んでうれしかったものです。農業土木の専門家ですから、どこの川やダム、水路に魚がいるかも良く知っていて、フナやハヤ、オイカワ釣りによく連れて行ってくれました。私がいやがった餌付けや魚の針はずしを父がやってくれました。

母は家事のほかにセーター編みや組みひもなどの内職をしていました。家族にもセーターや帽子、手袋を編んでくれました。当時は「お店で買ったものの方が良いのに」と罰当たりのことを思っていましたが、子どもに早く着せようと夜の十一時、十二時まで編み物を続けていた姿を思い出すと、今はとてもありがたいことと感謝の気持ちでいっぱいです。

祖母や父母からは、忍耐や相手の立場を考えることの大切さも教えられました。父は、私と弟のけんかを見るつど「お前は兄なんだから、弟が多少悪くても我慢しなさい」「負けるが勝ちだ」と諭しました。ちょっと理不尽だと今も思うのですが、こうした考えは社会生活の潤滑油として必要なのではないでしょうか。母からは「相手の気持ち、相手の立場になって考えなさい」と強く教育されました。震災などで辛《つら》い立場にある人のことをわが身のことと考えて対応してしまうのですが、「相手の立場で」という根本の思考ロジックが子どものころに埋め込まれた気がします。

私は中学三年のときにリウマチ熱という病気で一カ月ほど入院しました。はじめに診察した時には風邪と診断されて対応が遅れ、命を落としかけたのですが、加茂病院の先生のおかげで回復しました。「助けてもらった命。医師になるのもいいなあ」との思いや、高校で理数系が得意だったことから共通一次試験までは新潟大医学部への進学も考えていました。試験後、進路に悩みながら帰宅して「医者になるよ宣言」をしようとした矢先、母から開口一番「医者になれ」と言われました。この言葉に反発してしまい、一度は住んでみたかった京都へ進学しました。両親は私を近くに置いて医師になってほしいという気持ちだったので、親不孝だったと思います。それでも父母は無理に地元に残れと言わず、送り出してくれました。父は「大学は地元でなくていいから、せめて就職は帰ってこい」と言いました。加茂駅から京都に発つ私を見送った祖母は、戦死した祖父を見送った当時のことがよみがえって、しばらく具合が悪くなったそうです。私に「長男だから地元に帰ってこい」と言ったのは、祖母への思いやりもあったのです。

大学を出た私は、その言葉も聞かず、東京で職に就きました。私を大切に育ててくれ、私のいろんな選択のわがままを優しく包んでくれた父、母、祖母。私のことをしかっても、お互いうまく連携して助け舟を出してくれた父、母、祖母に今あらためて感謝しています。

【おわりに】

心の宝物を多くの皆様より教えていただき誠にありがとうございました。

私たちは親に血肉を分けてもらってこの世に命を受け、親の愛情によって育てられました。人として一人前になるまで、時には優しく、時には厳しく、慈悲と非情の愛を持って育ててもらってきました。そして、その絆《きずな》はかけがえの無いものであり、世界に一つだけの宝物だと思います。

しかしながら、核家族化や個人主義が進む今日、親子の間で目を覆いたくなるような悲しい事件が増えております。〈日本の親に感謝する会〉では、親が子を思う気持ち、子供から親への感謝の思いを伝え、家族の絆を見つめなおすきっかけになるようにとの思いから八月八日を「母の日」「パパの日」すなわち「父母の日」にする運動（アメリカや韓国では「父母の日」が国民の休日として制定されています）を行なっております。

平成十八年八月八日には、この本の基礎になる「世界一泣ける父母への手紙」の出版を行い、各界の方々から高い評価を頂きました。その際に「郷土ごとに編集をしたら、その風土習慣にいろいろな特色が出て、さらに深みのある内容になるのではないか」とのお言葉をいただき、皆様のご賛同を得て、この度の「新潟　父母への手紙」の出版へと結びつきました。

ご投稿いただいた文章には、親御さんの血と汗のにじみで出るようなご苦労や慈愛に満ちた愛情、そして皆さん一人一人の親御さんへの熱い想《おも》いなどが込められており、心を動かされる美しい宝物の話ばかりで、感動の涙が止まりません。

また、話の中には新潟の風土や、優しさ・気遣いなどを重んじる新潟県民の「心美人」な気質がとても良く表現されていて、まさに郷土色豊かで、深い深い内容をありがたく受け取らせていただきました。

親が子を思う心は、時が変わっても万国共通だと思います。この、心温まる父母への手紙を一人でも多くの方に読んでいただき、今一度、家族の絆を深めていただくきっかけになること、そして、八月八日が「父母の日」となることを夢見てやみません。

平成二十年八月八日

日本の親に感謝する会代表発起人
東京新潟県人会会長
平　辰
（株式会社大庄　代表取締役社長）

■監修者紹介

日本の親に感謝する会

8月8日を「ハハの日」「パパの日」、すなわち「父母の日」にする運動の主体。政界、財界、学界、芸能界、マスコミ、主婦など、各界の有志により2003年に結成される。事務局は株式会社大庄にある。電話 03 (5764) 2228

—いまだから、感謝の気持ちを伝えたい—

新潟《にいがた》 父母《ふぼ》への手紙《てがみ》

2008年8月8日　初版1刷発行

監　修　日本《にほん》の親《おや》に感謝《かんしゃ》する会《かい》

協　力　東京新潟県人会

編　集　新潟日報社

装　画　宮田　脩平

発　行　新潟日報社

発　売　新潟日報事業社

〒951-8131　新潟市中央区白山浦2-645-54

電　話　025-233-2100

FAX　025-230-1833

www.nnj-net.co.jp

印刷所　新高速印刷株式会社

JASRAC出0809360-801

定価はカバーに表示してあります。

落丁・乱丁本は送料小社負担にてお取り替えいたします。

ISBN978-4-86132-292-1